室町小歌

Muromachi Kouta

小野恭靖

コレクション日本歌人選064
Collected Works of Japanese Poets

笠間書院

『室町小歌』——目次

凡例

一、本書は「室町小歌」としたが、その最後期の安土桃山時代から江戸時代初期にかけて流行した隆達節五十首で構成した。

一、本書では、隆達節の流行歌謡としての表現の特徴や面白さを明らかにすることを目指し、先行する和歌や室町小歌にも言及している。

一、本書は、次の項目からなる。「作品本文」「出典」「口語訳」「鑑賞」「脚注」「歌人略伝」「略年譜」「筆者解説」「読書案内」。

一、隆達節のテキスト本文と歌番号は、小野恭靖編『「隆達節歌謡」全歌集　本文と総索引』に拠った。

一、鑑賞は、一首につき見開き二ページを当てたが、重要な歌謡には特に四ページを当てたものがある。

室町小歌

01

幾度《いくたび》も摘《つ》め、生田《いくた》の若菜《わかな》、君も千代を積《つ》むべし

幾度も幾度も繰り返し摘めよ、生田の若菜を。あなたもそれと同様に長い長い年齢を積みますように。

【出典】31・草歌（春）

隆達節《りゅうたつぶし》には*草歌《そうが》と*小歌《こうた》の曲節の異なる二種の歌謡があった。この歌はそのうちの草歌に属し、隆達節に先行する『*閑吟集《かんぎんしゅう》』にも巻頭から二首目にまったく同じ詞章《ししょう》の歌として収録されている。「生田」は*摂津国《せっつのくに》の*歌枕《うたまくら》で、古来「生田の森」として多くの和歌に詠《よ》み込《こ》まれた。「生田の森」の南側には歴史を重ねた生田神社が位置する。『日本書紀』は生田神社の創建を神功皇后《じんぐうこうごう》元年（二〇一）と記載している。室町時代から江戸時代にかけては、生田神社周辺の

＊草歌―隆達節に属する二種類の歌群のうちの一方の名称。小歌と比べて古い曲節を持つとされる。

＊小歌―隆達節に属する二種類の歌群のうちの一方の名称。もう一方の草歌より新しい曲節を持つとされる。

＊閑吟集―永正一五年（一五一

海岸で海草の採取が盛んであった。海草は京都へ送られ、摂津の名産品として珍重されたのである。春に採取される生田海岸産の海草を、人々は「生田の若菜」と呼んだ。ここに紹介する隆達節の「生田の若菜」も蕨《わらび》や芹《せり》などの若菜ではなく、海草を指している。

この歌は前半で「幾度」の「いく」と「生田」の「いく」を*頭韻《とういん》とすることによって、詩歌《しいか》としての基本的なリズムを作る。その際、「生田」には「生く」という意味をも重ねている。そしてその「生く」にさらに「千代」という語を続けることによって、長寿にかかわる文脈を構成する。最後は海草を「摘《つ》」むことと千代の齢《よわい》を「積《つ》」み重ねることを、同音の反復によって関連付ける。意味としては長寿を*予祝する単純な*祝《いわ》い歌《うた》ではあるが、音を二箇所で反復させることによって、リズムのよい歌謡詞章としているのである。

隆達節は芸能の持つ宿命として祝い歌を必要としたが、そこに歌いこまれる特徴的な*歌ことばは、「千代」「八千代」「幾千代」「万代《よろづよ》」等であった。隆達節には「千代」という語が一三例、「八千代」が一例、「幾千代」が二例、「万代」が二例存在する。そんな祝い歌のなかでもっとも著名な歌は「君が代は千代に八千代にさざれ石の、巌《いはほ》となりて苔のむすまで」（本書30歌参照）であった。

八）に成立した室町小歌の集成。当時の流行歌謡三一一首を収録する。

*摂津国—旧国名。現在の大阪府北西部から兵庫県にかけての地域で、五畿のひとつに当たる。

*歌枕—古くから和歌に詠み込まれた伝統ある地名のこと。

*頭韻—語頭同士が同じ音を持つこと。

*予祝—あらかじめ祝うこと。

*祝い歌—祝い寿《ことほ》ぐ歌。祝言《しゅうげん》歌《うた》とも呼ばれる。

*歌ことば—和歌に用いられることばや表現のこと。

02

いつも春立つ門の松、茂れ松山、千代も幾千代、若緑

【出典】37・草歌（春）

立春になると立てられる門松の若い松のように、あなたがいつまでも末長い寿命を保ちますように。

この歌は*大蔵虎明《おおくらとらあきら》の狂言伝書『わらんべ草』*の中に引用された歌である。同書によれば、織田《おだ》信長《のぶなが》に召された隆達が、この歌を歌ったところ信長の不《ふ》興《きょう》を買ったと言う。一代の反逆児信長にとって、この歌は何の面白味もないものであった。確かにこの歌の「茂れ松山」「千代も幾千代」「若緑」などの表現は類型的なもので、新春の姫松に長寿を託《たく》して歌うのも祝い歌の常道《じょうどう》である。その意味で平凡な歌謡と言えよう。虎明は権力者に召され、従属しな

*大蔵虎明―慶長二年（一五九七）～寛文二年（一六六二）。江戸時代前期の狂言大倉流宗家一三世。

*わらんべ草―万治三年（一六六〇）成立。狂言の作法や演技の心得を記した伝書。

*宝井其角―寛文元年（一六六一）～宝永四年（一七〇七）。

ければならない芸能者の立場から『わらんべ草』にこの隆達の話を掲載している。すなわち、隆達の対応を芸能者としての失敗談に位置づけ、反面教師としているのである。

ところで、後代の俳諧《はいかい》作者たちにとって隆達は注目されるべき芸能の先駆者であった。*宝井其角《たからいきかく》編による俳諧撰集《せんしゅう》『*焦尾琴《しょうびきん》』には、「隆達自作の歌詞が※室君《むろぎみ》の手箱に残っていたのを、*大森宗勲《そうくん》が*一節切《ひとよぎり》を伴奏楽器として吹いて歌った。それが現在まで残り、「しげれ松山」と趣深く歌うという」とある。また隆達没後間もなく成立した『*犬子集《えのこしゅう》』の中には*松江重頼《まつえしげより》の「さあうたへしげれ松山千世の宿」という発句《ほっく》が収録された。この句は*貞門俳諧《ていもんはいかい》の撰集『*崑山集《こんざんしゅう》』にも小異で収録されている。貞門俳諧の表現手法に流行歌謡の摂取が挙げられるが、「しげれ松山」は隆達節掲出歌の一部と一致している。隆達節の「茂れ松山」は祝言《しゅうげん》の表現として他の室町小歌の集成や、*謡曲《ようきょく》や*狂言歌謡といった中世の謡《うた》い物にもみられる表現である。したがってこの言葉の摂取だけでは、隆達節との直接的な関係を断定し難いが、重頼の句には隆達節にもみられる「千世（代）」が合わせて使われているのである。句の成立時期から考えても、おそらくは隆達節を摂取した例と判断してよいであろう。

江戸時代前期の俳諧師。
＊焦尾琴—元禄《げんろく》一四年（一七〇一）刊。連句五巻と諸家の発句を収録する。
＊室君—播磨《はりま》国室津の遊女を指すが、後に遊女一般をさすようになった。
＊大森宗勲—元亀元年（一五七〇）〜寛永二年（一六二五）。一節切尺八の名手。
＊一節切—長さ一尺一寸一分（約三三・六センチメートル）の竹の縦笛。
＊犬子集—松江重頼編。寛永一〇年（一六三三）序・刊。
＊松江重頼—慶長七年（一六〇二）〜延宝八年（一六八〇）。京都の商人、俳諧師。
＊貞門俳諧—松永貞徳を流祖とする俳諧の流派。
＊崑山集—慶安四年（一六五一）刊。
＊謡曲—能楽の詞章のこと。
＊狂言歌謡—狂言の中で歌われる歌謡のこと。

03

面白の春雨や、花の散らぬほど降れ

風情《ふぜい》まさる春雨であることよ。桜の花が散らない程度に降っておくれ。

【出典】81・草歌（春）

*『陰徳太平記《いんとくたいへいき》』（元禄八年〈一六九五〉成立）には、隆達節が都のはやり歌として広くもてはやされたことを示す逸話《いつわ》がみられる。その話は*毛利輝元《もうりてるもと》の家臣《かしん》であった林吉兵衛入道梅林《はやしきちべえにゅうどうばいりん》が都から帰る途中、主君の叔父*小早川隆景《こばやかわたかかげ》に面会するところから始まる。隆景は都帰りの梅林に、現在都で流行しているものを問う。梅林は「面白の春雨や、花の散らぬほど降れ」という隆達節の歌が男女僧俗を問わず広く流行していると答えた。隆景は梅林にその歌を歌わせ、

*陰徳太平記―香川正矩《かがわまさのり》原作の軍記物語。一六世紀の中国地方の歴史を描く。

*毛利輝元―天文二二年（一五五三）～寛永二年（一六二五）。毛利隆元《もうりたかもと》の嫡男で、元就《もとなり》の孫に当たる。

*小早川隆景―天文二年（一五三三）～慶長二年（一五九七）。

いたく愛《め》でた。そして、その歌は歌詞が面白いと言い、自ら替え歌を作ったのである。それは聡明《そうめい》とはいってもまだ歳若《とし》く、すべてのことに一途《いちず》になってしまうであろう甥《おい》の輝元に教訓として聴かせるための替え歌であった。その歌詞は「面白ノ儒学ヤ、武備ノ廃ラヌホド嗜《ス》ケ」「面白ノ武道ヤ、文事ヲ忘レヌ程スケ」「面白ノ謌学《*カガク》、面白ノ乱舞《ラップ》、面白ノ茶ノ湯ノ道ヤ、身ヲ捨ヌ程スケ」だったと言う。輝元はまだ若いのだから、様々な文芸や武道に打ち込むのはよいことである。しかし何事も中庸《ちゅうよう》を弁《わきま》え、他のことがおろそかになったり、見えなくなってしまうまで一事に耽溺《たんでき》するのはやめよということを教えたのである。つまり両立の大切さを伝える歌であったことになる。

「面白の春雨や、花の散らぬほど降れ」は春雨の風情を歌い、時期を同じくして咲く桜の花を散らさない程度に降ってくれと訴える歌詞である。つまり、春雨に呼びかける歌の体裁を採りながら、春の景物である雨と桜の花をともに味わいたいと歌うのである。桜は古代以来日本人がもっとも愛してきた花であるが、また雨に煙る春の景観の深い味わいも大切にしてきた。この隆達節はまさに春の美の共演を期待する歌である。日本美を象徴するこの歌が、中庸や両立の大切さを教訓する目的で替え歌とされたことは興味深い。

毛利元就の三男。

＊謌学―和歌に関する知識や学問のこと。

04

五条わたりを車が通る、誰《た》そと夕顔の花車

京の五条の辺りを牛車が通るよ。誰の車かと言えばあの夕顔を訪れる光源氏の美しい車だよ。

【出典】173・草歌（夏）

『源氏物語』*は王朝文学を代表する物語として、後代の恋愛文学の規範となった。中世以降『源氏物語』の世界に憧れ、それを踏まえて創作された詩歌が散見する。掲出した隆達節もその一首に当たる。夕顔は『源氏物語』に登場する女性で、光源氏の愛人となるが、幼い娘を残し若くして亡《な》くなってしまう。この隆達節は光源氏と夕顔の出会いの場面を描いたもので、隆達節に先行する『宗安小歌集』にも隆達節と同じ歌詞で収録されている。当時の

＊源氏物語―平安時代中期に成立した紫式部の作とされる長編物語。

一世を風靡《ふうび》した流行歌謡だったのである。また、室町時代に成立した能*「半部《はじとみ》」も『源氏物語』のこの場面を用いている。

隆達節のこの歌は後代にも継承され、*『落葉集《おちばしゅう》』巻七・古来中興当流はやり歌「五条車」に「五条あたりを車が通る、のほんえ、誰《た》そと夕顔に、さんさ花車、のほんえ、花車くるまのほんのほんえ」とみえている。この例に限らず、『閑吟集』、『宗安小歌集』、隆達節という室町小歌のうち、はやり歌として広く人口に膾炙《かいしゃ》した歌は、元禄期の歌謡集にも歌詞が継承されている例が多い。一過性の流行で終わる曲節と比較して、歌詞は長期間にわたって歌い継がれていくものなのである。

掲出した隆達節は明解な歌詞の歌であるが、表現技巧としては「夕顔」の「ゆう」の音に「言ふ」が掛けられていることが挙げられる。ほぼ同時代成立の*『猿源氏草紙《さるげんじそうし》』にも「何と夕顔の露とも消えばや」という用例がある。また、「花」という語は「夕顔の花」と「花車」を連接する役割を担《にな》っている。「花車」とは花のように飾り立てた美しい車の意であるが、平安朝の用例は見出《みいだ》せない。謡曲には散見するので、中世の人々が編み出した王朝美を象徴するキーワードであったと考えられる。

*能「半部」—内藤藤左衛門作の謡曲。女性を主人公とする鬘物（三番目物）に属する。

*落葉集—大木扇徳の編による江戸時代中期の歌謡集。元禄一七年（一七〇四）刊。

*猿源氏草紙—大坂心斎橋の書肆《しょし》渋川清右衛門が寛文年間（一六六一～七三）に刊行した渋川版『御伽草子《おとぎそうし》』二三編のうちのひとつ。作者は未詳。

05

庭の夏草茂らば茂れ、道あればとて訪ふ人もなし

【出典】334・草歌（夏）

庭の夏草よ、茂るのなら道を隠すほど茂ってしまえ。たとえ我が家へ通う道があったとしても、誰も訪ねてくれる人などいないのだから。

この歌は隆達節のなかでは草歌に属する歌で、歌詞の内容によって分類された部立では夏部に置かれている。確かに「夏草」に向けて「茂らば茂れ」と呼びかけているので、夏の季節の歌であることは疑いがない。しかし、主題からすれば後半の「道あればとて訪ふ人もなし」があることによって、恋の歌に位置付けるのが妥当であろう。隆達節は恋歌の占める割合が多いため、恋を主題としていても季節と強く結びついた歌語を含む歌は、四季の部立に

分類されたのである。

隆達節に先行する室町小歌の例としては、『閑吟集』の狭義小歌*に属する七五番歌に「庭の夏草茂らば茂れ、道あればとて訪ふ人もな」とある。すなわち掲出した隆達節とほぼ同じ歌詞の歌が収録されていることになる。

和歌以来の恋歌の抒情《じょじょう》として、恋愛相手の男性の訪れが途絶えたために、庭の通い路がなくなってしまったと嘆く女歌*の先例は数多く存在した。それは夏草の繁茂のみに留まらない。例えば、秋には桐《きり》の葉が散り重なったためであったり、冬には雪がうず高く積ったためであったりした。それらは恋人である男性の訪れがなくなり、忘れられていく我が身に焦点が合わせられた歌なのである。いわば自己の内面に沈潜し、切なさに傾いていく抒情であった。

しかし、はやり歌の『閑吟集』の小歌や隆達節にみられる抒情はより対他的なもので、この歌でも夏草へ呼びかける表現を基軸としている。すなわち、呼びかけている現時点では夏草は道を隠すまでは繁茂していない状況なのである。そこから今後の男の来訪のないことを予見した歌詞であるが、換言すれば相手の男に対して、私のところを訪れてほしいという強いアピールと言える。和歌の内的抒情から、対他的な訴えかけへと変化を遂げているのである。

*狭義小歌—当時流行の小歌節として新作された歌詞を指す。

*女歌—女性を主人公とする歌で、女性特有の発想や表現、時として情念がみられるもの。

06

木幡《こはた》山路に行き暮れて、月を伏見の草枕

【出典】178・草歌（秋）

木幡山の山道で日が暮れてしまった。今夜は月を眺めながらここで臥して野宿することにしよう。何せ伏見も近いのだから。

隆達が没した慶長一六年（一六一一）当時、芸能の世界で特筆されるのは阿国歌舞伎《おくにかぶき》*の流行であった。その阿国の歌舞伎踊に用いられた歌謡には隆達節をはじめとする室町小歌の摂取が顕著に指摘できる。ここに挙げた歌も、後半を「二人伏見の」として摂取されている。そもそも隆達節のこの歌は、『閑吟集』『宗安小歌集』にも異同なく収録さておりて、一〇〇年以上にわたって同じ歌詞で流行を続けた。そんななかで、阿国歌舞伎踊歌との時代的な近さ

*阿国歌舞伎――出雲大社《いずもたいしゃ》の巫女《みこ》とされる阿国が創始した芸能。

という点からすれば、直接的には隆達節を摂取したものと考えられよう。

ところで、徳川秀忠*の直筆と伝えられる隆達節を記した掛軸が伝えられている。そこには「君は初音《はつね》の郭公《ほととぎす》、松に夜な夜なかれ候よ」「こはた山ちに雪ふれて、月を伏見の草枕」という隆達節の草歌二首が記される。このうち二首目として記された歌の前半は「こはた山ちに（木幡山路に）行き暮れて」とあるべきところを誤って記す。歌謡が口伝えで広まっていく過程で「行き」が「雪」と誤解され、それに引かれて「ふ（降）れて」と歌われるようになったことを反映した歌詞であろう。筆跡は他に伝存している秀忠の真蹟《しんせき》と同筆と判断でき、秀忠真筆と認定してよいものと考える。秀忠は隆達より約五〇歳の年少ながら、三〇年以上にわたって同時代を生き、寛永九年（一六三二）に没している。隆達節は慶長一六年（一六一一）に隆達が没すると急速に衰滅していき、歌詞も誤られるようになっていく。したがってこの掛軸は隆達没後に書かれた可能性が高い。おそらく秀忠晩年の寛永年間の筆跡であろう。

なお、「木幡」は現在の京都府宇治市北部に地名が残る。古くは山科《やましな》の辺りまでを広く呼ぶ地名であった。『万葉集』*以来「こはた」や「こわた」と発音されたが、現在では「こばた」と呼ばれている。

＊徳川秀忠――天正七年（一五七九）～寛永九年（一六三二）。徳川家康の三男。江戸幕府の第二代将軍。

＊万葉集――奈良時代に当たる八世紀後半（七五九年以降）に編まれた我が国最古の歌集。

07

色々の草の名は多けれど、何ぞ忘れ草はの

【出典】52・草歌（恋）

草の名はいろいろと多くあるのに、よりによって忘れ草とはね。

この歌は『宗安小歌集』にも収録されており、戦国時代の人々の愛唱歌であった。

数限りなくある草の中で、私の恋の相手が選んだのは、よりによって私のことを忘れてしまうという「忘れ草」だったとは、という嘆きの歌である。自分のことを忘れて通って来てくれなくなった男への絶望と諦めの気持ちが、草の名を借りて巧みに表現されている。忘れ草はカンゾウ（萱草）の和

名であるが、忍ぶ草とともに古来多くの恋歌に詠まれてきた草の名である。早く『万葉集』に「忘れ草我が紐に付く香具山《かぐやま》の古《ふ》りにし里を忘れむがため（忘れ草を私の腰ひもに付けた。香具山あたりの懐《なつ》かしい里のことを忘れるために）」（巻三・三三四・大伴旅人《おおとものたびと》）として登場する。『万葉集』にはその他にも三例がみられる。これらの歌の中では、忘れ草が懐かしい土地や恋の相手を忘れ、その苦しみから逃れさせてくれる草として詠み込まれている。すなわち、対象への思いを忘れたい時に手元に置く草とされたのである。

平安時代になると忘れ草は「恋しい人から忘れられる草」としての意味を持つようになり、逆に不実な男に忘れられてしまう女性の立場からの和歌で使用される例が増えてくる。*『伊勢物語《いせものがたり》』一〇〇段に、通って来なくなった不実な男へ抗議しようとした女が「この忘れ草を忍ぶ草というのでしょうか」と言って忘れ草を差し出したが、それを受け取った男は「忘れ草おふる野辺とはみるらめどこは忍ぶなり後も頼まむ（忘れ草が生い茂る野辺のように見えるようですが、これは忍んでいるのです、今後もあなたをお頼み申し上げます）」と詠んだ話がみえる。これ以降、忘れ草は忍ぶ草とともに恋歌に不可欠な草の名となった。隆達節の「色々の草の名」に忍ぶ草が含まれていることは言うまでもない。

*伊勢物語—平安時代初期成立の歌物語。

08

憂きは在京《ざいきょう》、妻持ちながら独り寝をする

【出典】55・草歌（恋）

辛いのは京都に滞在中だ。愛《いと》しい妻を持ちながら独り寝をしなくてはならないのだから。

この歌をめぐっては興味深い説話が伝えられている。それは一色直朝《いっしきなおとも》*『月庵酔醒記《げつあんすいせいき》』*にみえる次のような話である。

九州多々羅《たたら》のなにがし、在京の時作、

憂きは在京、妻持ちながら、二人独り寝をする

此《こ》の歌を筑紫《つくし》の妻の聞きて、「二人独り寝もがな」と吟かへたりとなん。

*一色直朝—生年不詳。没年は慶長二年（一五九七）か。『桂林集』、『月庵酔醒記』等の著作がある。

*月庵酔醒記—啓蒙《けいもう》的で幅広い内容を持つ随筆集。

「九州多々羅のなにがし」は*大内義隆《おおうちよしたか》を指す。当代随一の風流大名であった義隆を主人公にした話で、京都に滞在していた時に妻にこの歌を送ったところ、妻からは末尾を「*二人独り寝もがな（お互いに浮気《うわき》をせず、独り寝をしていてほしいことよ）」と歌い替えた返事が届いたという。「憂きは在京……」の歌は、夫である義隆が妻に意図的に読み聞かせようとした歌である。つまり、自分が浮気をしていないことを主張する歌なのである。夫の性癖を熟知している妻はそれと悟り、末尾を歌い替えて夫に送り返したことになる。

義隆は数々の女性スキャンダルを持つ色好みの武将として伝承された。『月庵酔醒記』にはこの他にも義隆が京都に愛人を持ち、別れに際して鬢《びん》の毛を切って渡したところ、愛人は「*みるたびに心つくしのかみなればうさにぞかへすもとの社に（みるたびに物思いの種となってしまう髪ですから、その辛《つら》さのためにお返しします）」という機知に富む和歌とともに鬢の毛を、義隆の妻のもとへ返してきた。この和歌には「つくし」に「尽くし」と「筑紫」が、「かみ」に「髪」と「神」が、「うさ」に「憂《う》さ」と「宇佐（八幡宮《はちまんぐう》）」が掛けられている。

このような二人妻の伝承は『伊勢物語』所収の「筒井筒」をはじめとして、後代に綿々と受け継がれた恋愛説話で、古典文学の一系譜をなしている。

*大内義隆―永正四年（一五〇七）〜天文二〇年（一五五一）。大内氏の第三一代当主。

*二人独り寝もがな―詩歌の一部を変えることによって返事をする鸚《おう》鵡《む》返《がえ》しの手法。詳しくは本書47歌・48歌参照。

*みるたびに……―渋川版『御伽草子』二三編のうちのひとつ『さいき』にも収録される和歌。

09

恨み恋しや、恨みしほどは来しものを

【出典】66・草歌（恋）

今となっては訪れが少ないあの人を恨んでいた頃が懐かしい。何せ恨んでいたうちは、まだ来てくれることもあったのだから。

この歌は室町小歌において、ひとつの抒情のパターンとも言える逆説的な表現を持つ歌詞である。冒頭にいきなり「恨み恋しや」と歌うが、本来は「恨み」が恋しいということはあり得ない。人を恨むことはけっして心ゆくことではなく、そんな状況から脱することを願うのが常だからである。それはいわば負の精神状況と言えるであろう。そうであるにもかかわらず「恨み」を恋しく思えるのは、現時点では既に恋が破局を迎えてしまったからである。

そして、歌の中の主体は終わってしまったその恋に未練を抱いている。もう完全に恋愛関係が終わってしまった現在からすれば、恨んでいた頃はまだ細々とでも二人の関係が続いていた時期であったのだ。またいつか相思相愛の関係に戻れることを期待しながら、つれない恋人の仕打ちを恨んでいたあの頃が、そしてその頃の自分が、何と愛おしいことか。

室町小歌の抒情はこの歌のように、一筋縄ではいかない。負の状況である「恨み」を相対的に正であると表現し、恋の破局という負の極限状況を歌うのである。しかし、それはけっして内面からほとばしり出るような激しい抒情ではなく、諦めにも似た静かで内省的な抒情によって表現されている。隆達節の他の例を挙げれば「つれなかれかし、なかなかに、つれなかれかし」[*]（二八五・草歌〈恋〉）なども同じ趣向の歌である。すなわち大胆とも言える単刀直入な表現を用いながら、喜怒哀楽の感情を抑制して静かに歌うのである。この静の中に秘めた動こそが室町小歌の大きな魅力であると言えるであろう。

なお、隆達節の草歌は隆達節に先行する他の室町小歌の集成にもみられる古歌である例が多いが、この歌についても『宗安小歌集』に全く同一の歌詞で収録されている。戦国の世に生きた人々が長く歌い継いだ愛唱歌であった。

*つれなかれかし……12歌参照。

10

思ひ出すとは忘るるか、思ひ出さずや、忘れねば

【出典】96・草歌（恋）

私のことを思い出すなんて言うのは忘れているという証拠ね。だってそうでしょ、思い出すなんて言うはずがないもの、いつも忘れていなければ。

隆達節より約一世紀も前に成立した室町小歌の集成『閑吟集』にも同じ歌詞の歌が収録されており、室町から戦国の世にかけて長期にわたって流行した歌である。「逢《あ》えない間、君のことばかり思い出していたよ」などとうっかり口走った男の言葉尻を捉えて、「あら、私のことを片時も忘れていないなら、思い出すなんて言い方はしないわ」と返す女。男が口先ばかりの愛情表現を繰り返すばかりで、実際にはなかなか通って来ないことを咎《とが》めた女の

立場からの歌と解釈できる。機知的で理屈が優先した歌と言えるが、戦国時代の男女間の恋愛の機微や息遣いまでが伝わってくる歌でもある。

江戸時代の随筆『＊異本洞房語園《いほんどうぼうごえん》』には、当時の遊里で流行していた歌謡が書き留められているが、その下巻には「＊朗細《ろうさい》（弄斎）」の歌として「思ひ出すとは忘るる故よ、思ひ出さぬよ、忘れぬは」という歌詞の歌がみえる。末尾の歌詞が少し不自然であり、本来の「忘れねば」が転訛《てんか》したものと推測されるが、隆達節とほぼ同一の歌詞で、さらに一世紀後まで歌われていたことが知られるのである。こちらの歌の節付けは近世初期に流行した弄斎節《ろうさいぶし》によるものである。弄斎節は三味線に乗りやすい＊近世小唄調《きんせいこうたちょう》の歌詞である。そのため、隆達節の「忘るるか」が「忘るる故よ」に替えられたことがわかる。微妙な違いとはいえ、やはり印象は異なる。隆達節では女性が不実な男に向かって「忘るるか」と直接的に切り返しているのに対し、「朗細」では「忘るる故よ」と理由付けする歌詞となる。より説明的でわかり易《やす》く変化しているものの、女の男に対する愛情表現という意味では、明らかに弱まっていると評さざるを得ない。「忘るるか」と端的に切り込んでこそ、女の男への深い思いが伝わるというものであろう。そこに隆達節の魅力がある。

＊異本洞房語園——享保五年（一七二〇）自序。

＊朗細——弄斎節のこと。江戸時代初期のはやり歌。

＊近世小唄調——詩歌の音数律のうち、三味線伴奏に適合した七（三・四）／七（四・三）／七（三・四）／五の詩形のこと。

11

潮《しほ》に迷うた、磯の通ひ路

【出典】205・草歌（恋）

潮にすっかり迷ってしまった。この磯辺の通り道で。私もしおらしいあの娘にめろめろだよ。

『閑吟集』にも「潮に迷うた、磯の細道」（一二三番歌）という歌詞でみえる室町小歌である。「潮」には形容詞「しをらし」の「しを」が掛けられており、優美で愛らしい様子を言う。つまり、そんな愛くるしい女性を一目見て、すっかり心を奪われてしまった男が、自らの様子を描写している歌詞と捉えることができる。七・七というきわめて短い音数律によって、恋という名の浜辺を彷徨《さまよ》う自らの姿がきわめて映像的に描かれているのである。

同類の歌としては、『閑吟集』の「*花の都の経緯《たてぬき》に知らぬ道をも問へば迷はず、恋路など通い馴《な》れても迷ふらん」、『宗安小歌集』の「*霧か霞《かすみ》か夕暮れか、知らぬ山路か、人の迷ふは」などがある。人が本当に迷うのは恋路であって、それは「知らぬ道」「霧」「霞」「夕暮れ」「知らぬ山路」などの比ではないと歌われる。また、『宗安小歌集』と隆達節には「*誰か作りし恋の路《みち》、いかなる人も踏み迷ふ」という歌もともに存在する。すなわちこれらの室町小歌は恋路に迷うことを主題とするものの、その原因についての説明はない。掲出した隆達節は「潮に迷うた」として、愛しく思うようになった相手の女性の「しをらし」さが、心惹《ひ》かれるようになった原因であるとし、その縁で恋路を「磯の通ひ路」と表現するのである。意味の上からすれば、「磯の通ひ路」で「潮に迷うた」となるので、*倒置法が用いられていることになる。そして、前半を「迷うた」と、「迷ふ」という動詞の連用形「迷ひ」の*ウ音便と、「た」という完了の助動詞「たり」の口語形を用いて言い切ることで、恋に落ちた我が身を柔らかな音で内省する。また、この「潮に迷うた」とすることで七音節となり、歌全体にリズムを与えることにも一役買っている。隆達節の数多くある恋歌の中でも、きわめて印象的な歌と言えよう。

*花の都の経緯に……――「花の都の数多くある縦横のまったく知らない道でも、尋ねながら行けば迷うことはない。しかし、恋の路ばかりは何度通い慣れても、そのたびごとに迷ってしまうものだ」の意味。

*霧か霞か夕暮れか……――「人が本当に迷ってしまうのは霧や霞や夕暮れであろうか。それとも不案内な山路であろうか。いやいやそうではないのだ」の意味。

*誰か作りし恋の路……――42歌参照。

*倒置法――強調したり、印象を強めたりするために、語順を普通とは逆にすること。

*ウ音便――日本語の音便のひとつ。「く」「ぐ」「ひ」「び」「み」の頭の子音が脱落して、u音となる現象。

12

つれなかれかし、なかなかに、つれなかれかし

【出典】285・草歌（恋）

私に冷たくしてほしいものよ。かえって冷たくしてほしいものよ。

『宗安小歌集』にも同じ歌詞でみえる歌で、隆達節の中でも古い来歴を持つ草歌としての節付けがなされている。したがって、室町小歌流行初期から一世紀にわたって歌われ続けた歌と言える。それだけの長い期間歌い継がれたということは、歌詞も中世人の琴線に触れるだけの魅力を持っていたと考えられよう。

恋する者の胸の思いは複雑である。常に相思相愛で心の通じ合った状態を

願うのは当然であるが、それがままならいのが恋愛である。自分の方だけが一方的に強い思いを抱き、相手はつれないということは多い。その場合、相手が自分に冷たく接してくるのであれば、自分の方もこんなつれない相手に思いを抱いていても仕方ないと考えるようになり、次第に思いが薄れていくというものだ。しかし、自分に深い愛情をかけてはくれない相手が、中途半端《ちゅうとはんぱ》に愛情をみせたり、親切に接してくれたりすると、その相手との恋愛関係を続けるか否《いな》かに迷いが生じ、心がいつも動揺している状態に陥ることになる。そんな時、恋の継続を願う本心とは逆に、かえって冷たくしてほしいと願ってしまうものなのだ。古典詩歌の世界では、男性の訪れを待って恋愛を続けなければならなかった女性たちが、こういった立場に立たされることが多かった。

この歌は「つれなかれかし」という主体の女性が心の底から絞り出したような独白の言葉が冒頭と末尾に繰り返し置かれ、その間に「なかなかに」という女性の複雑な胸中の思いを示す語が挟み込まれている。この効果的な表現によって、男性の中途半端な仕打ちに悩む女性の姿が活写された歌と言えるであろう。

13

あら何ともなの、うき世やの

【出典】26・草歌（雑）

ああ何ということもなく、あっけなく過ぎ去ってしまうはかない人生であることよ。

この歌は短いフレーズで、無常観を端的に表した歌として広く知られている。無常というこの世の定めから逃れられない人間の哀《かな》しみが主題として歌われているからである。

この歌をめぐっては古くから*芭蕉の「*あら何ともなや昨日は過ぎてふくと汁」（『*江戸三吟』所収）との関係が取り沙汰されてきた。早くは『*はいかい隆たつ』の*建部巣兆《たけべそうちょう》の序文に、芭蕉が隆達節を摂取したという記述がある。し

*芭蕉―寛永二一年（一六四四）～元禄七年（一六九四）。江戸時代前期の俳人。伊賀《いが》の人。

*あら何ともなや…―「ああ、何ともなかった。河豚汁《ふぐじる》を食べた昨日の日は過ぎて、無事であった」の意味。

*江戸三吟―延宝六年（一六七八）三月、京都寺田重徳刊。

かし、「あら何ともな」という表現は当時日常的に使われた口語で、隆達節以前にも「あら何ともなや、さてここをばどこと知ろし召されて候ふぞ」(『融《とおる》』)、「頼みても頼みなきは人の心なり、あら何ともなや候ふ」(『舟弁慶《ふなべんけい》』)等のように、能の問答の場面に多く用いられた謡曲の表現でもあった。また一方、*談林俳諧《だんりんはいかい》に所属した*岡西惟中《おかにしいちゅう》の著書*『近来俳諧風躰抄《きんらいはいかいふうていしょう》』に*謡曲取《ようきょくどり》の例として「花に趣向ああら何ともなや候」という句がみえる。これは口語的な表現を謡曲から摂取することによって、句のなかの他の表現との間に違和を生じさせ、俳諧としての面白みを求めたものである。

以上のような経緯からすれば、俳諧における「あら何ともな」は直接的には謡曲を摂取したことになるであろう。しかし、少なくとも巣兆は隆達節のこの歌から俳諧の先達芭蕉の句を想起し、芭蕉が隆達節に拠《よ》ったと判断したのである。つまり、間接的であっても隆達節の中に息づいていた口吻《こうふん》が、俳諧の世界に流入したと考えることは可能なのである。

なお、「あら」は『閑吟集』にも「あら美しの塗壺笠《ぬりつぼがさ》や……」などと使用されている。中世以降一般的にみられる感動詞であるが、古く平安時代には「あな」として用いられていた語であった。

*はいかい隆たつ―文化八年(一八一一)閏二月、江戸広井秀峨刊。月鴻編。隆達節三百首を収録する歌本から、草歌を透き写しで刻し、諸家の発句を配した俳諧撰集。

*建部巣兆―宝暦一一年(一七六一)～文化一一年(一八一四)。俳諧師。絵師。

*談林俳諧―江戸時代初期に流行した俳諧の一派。

*岡西惟中―寛永一六年(一六三九)～正徳元年(一七一一)。俳諧師。因幡《いなば》国鳥取《とっとり》生まれ。

*近来俳諧風躰抄―延宝七年(一六七九)一一月、大坂深江屋太郎兵衛刊。岡西惟中著。

*謡曲取―俳諧作品中の素材として謡曲を利用する表現技巧。

14

杜子美《としみ》、山谷《さんこく》、李太白《りたいはく》にも、酒を飲むなと詩の候《そろ》か

【出典】290・草歌（雑）

中国の詩聖、杜子美（杜甫《とほ》）、山谷（黄庭堅《こうていけん》）、李太白（李白《りはく》）にも酒を飲むな、などという詩はあったろうか。いや、断じてありはしない。だから大いに飲むべきだ。

隆達節のなかでは屈指の機知に富んだ歌である。酒好きの人物が中国唐代の大詩人たちを引き合いに出して、飲酒を賛美し、呑兵衛《のんべえ》を正当化した自己弁護の歌と解釈でき、興味深い。

そもそも杜甫*は、「曲江」という有名な詩の中で次のように酒を歌う。

朝回日日典春衣　　朝より回りて、日日春衣を典《てん》し、

毎日江頭尽酔帰　　毎日、江頭《かうとう》に酔《ゑ》ひを尽くして帰る。

＊杜甫―七一二年〜七七〇年。中国盛唐時代の詩人で、字《あざな》は子美。杜甫と並び称せられる中国古代を代表する詩人。

酒債尋常行処有　　酒債は尋常、行く処に有り。
人生七十古来稀《まれ》　　人生七十、古来稀なり。

大意は「朝廷から戻ると毎日のように春着を質入れして、曲江のほとりで酔って帰る。酒代を借金するのは通常のことで、行く先々にある。人間は七〇歳まで生きられることはめったにないのだから、今のうちに楽しんでおきたいものだ」である。この詩の一節「人生七十古来稀」は人口に膾炙し、『閑吟集』にはこの詩を引用した「*何ともなやなう、何ともなやなう、人生七十古来稀なり」という狭義小歌が収録されている。ちなみに、『閑吟集』には杜甫の詩を元にした歌謡として、他にも「*今夜《こよひ》しも鄜州《ふしゅう》の月、閨中《けいちゅう》ただ独り看《み》るらん」「*丈人屋上烏《ちやうじんをくじやうのからす》、人好《ひとよければ》　烏亦好《からすもまたよし》」が収録されている。杜甫の詩は室町小歌の取材源のひとつであった。

はかない人生を謳歌《おうか》し、風雅の世界に身を置くことをよしとする掲出歌のような歌から、現代に生きる私たちが忘れ去ってしまった先人たちの人生観の一端を学ぶことができるのである。なお、かつて学生たちの愛唱歌であった*デカンショ節に、「論語孟子《もうし》を読んではみたが、酒を飲むなと書いてない」という一節があり、時を隔てて隆達節と響き合っている。

*何ともなやなう……―「どういうことはない人生よ。特別なこともなく瞬《またた》く間《ま》に過ぎ去る人生よ。昔から七十歳まで生きられることは稀だというが」の意味。

*今夜しも鄜州の月……―「今夜はここからはるかに隔たった鄜州で、我が妻はたった一人でこの月を眺めていることであろうよ」の意味。

*丈人屋上烏……―「老人の家の屋根の上にはいつも烏がとまっている。その老人の人柄がよいので、烏まで好ましく思われることよ」の意味。

*デカンショ節―兵庫県篠山《ささやま》市《し》を中心に盆踊り歌として歌われる民謡。篠山節、篠山デカンショ節とも呼ばれる。篠山市無形文化財。

15

三草山《みくさやま》より出《い》づる柴人《しばびと》、荷負《にお》ひ来《き》ぬればこれも薫物《たきもの》

【出典】430・草歌（雑）

三草山から出てきた柴人は、荷負い（匂い）来たので、これもまあ言ってみれば薫物だね。

〝三段なぞ〟の発想を用いた歌である。〝三段なぞ〟とは〝なぞかけ〟とも呼ばれることば遊びで、「○○とかけて、△△と解く。その心は□□」という形式のなぞである。この歌は「三草山*より出づる柴人*」とかけて、「薫物《たきもの》」と解く。その心は「におひ（荷負ひ／匂ひ）来ぬれば」となる。つまり、三草山で柴を刈って出てきた人とかけて、香木などを粉末にして練り固めた薫物と解くのである。その心は、両者ともに「におひ来」るからである。すなわ

＊三草山―現在の兵庫県加東市にある山。同名の山は現在の大阪府豊能郡能勢町《とよのぐんのせちょう》と兵庫県川辺郡猪名川町《かわべぐんいながわちょう》の府県境にもある。

＊柴人―柴を刈り取る人。

ち、「荷負ひ来」る柴人と、「匂ひ来」る薫物が同音であることによって、このなぞかけが成立している。〝三段なぞ〟とは日本語のしゃれを駆使したことば遊びなのである。

室町小歌には〝三段なぞ〟の発想を基盤に置いた歌詞が多くみられる。『閑吟集』の「身は近江舟かや、志那《しな》で漕《こ》がるる〈私ときたら近江舟のようなもの。しな〈志那・死な〉でこ〈漕・焦〉がれているのだから〉」や、「身は鳴門《なると》舟かや、阿波《あは》で漕《こ》がるる〈私ときたら鳴門舟のようなもの。あは〈阿波・逢は〉でこ〈漕・焦〉がれているのだから〉」などはその代表例である。このように〝三段なぞ〟の発想を用いた室町小歌は「身は」を冒頭に置いて、恋する我が身の辛さを主題とした歌が多い。古く和歌の世界では「我が恋は」を初句に置いて、同じく恋する我が身の辛さを訴える歌が多くみられた。そんななかで、掲出歌は恋歌から離れて、ことばの面白さのみを主眼とした歌謡として注目される。後には、風流*踊のひとつである「小原木踊」の歌詞として摂取された。

三草山は播磨国にある山で、治承八年〈寿永三年／一一八四〉に源義経《みなもとのよしつね》軍と平資盛《すけもり》軍による戦いがあった古戦場である。そこでの合戦は、次に続く一ノ*谷の戦いの前哨戦《ぜんしょうせん》となった。

*風流踊―趣向を凝らした作り物や仮装を伴う踊り。

*一の谷の戦い―治承八年〈寿永三年／一一八四〉に摂津国福原および須磨で行われた源氏と平氏の戦い。

16

あたたうき世にあればこそ、人に恨みも、人の恨みも

辛い辛いこの世に生きていればこそ、あの人に恨みを持ったり、また逆にあの人から恨まれたりもするのだな。

【出典】5・小歌

この歌のなかにみえる「あたた」という語について、『時代別国語大辞典室町時代編』（昭和六〇年・三省堂）は形容詞「あたたし」の語幹から転成した副詞としている。そして「忍ぶ身なれば色には出《い》でぬ、あたた心を尽くすよの」*（傍線は著者による、以下同様）という隆達節を用例として掲出し、「事態の程度の甚だしいさま。ひたすら」と説明する。この語は当時の口語であったが、それが流行歌謡にも取り込まれ、人々の口《くち》の端《は》に多く上ったのである。隆達

*忍ぶ身なれば……「片思いの私であるので、あの人への思いを顔色に出すことはない。ひたすら、一人で気をもませられることよ」の意味。

節には他に「思へども賤《しづ》の身なれば色には出さぬ、あたた心を尽くすよの」など、全部で七首の歌のなかに用いられている。

また、隆達節とほぼ同時代の阿国歌舞伎*の踊歌のなかにも、「あたた浮世は生木に鉈《なた》じゃとなふ、思ひまはせば気の毒やなふ」「あたたお国は柚《ゆ》の木に猫じゃとなふ、思ひまはせば気の薬」（『国女歌舞伎絵詞』*）などとみられる。阿国歌舞伎の踊歌は隆達節をはじめとする流行歌謡を摂取して長編に仕立てたもので、当時の流行の中核的表現であった「あたた」を詞章に含んだ歌を好んで使ったものと推測できる。阿国歌舞伎に続く女歌舞伎*の踊歌の歌集とされる『おどり』*（天理図書館蔵）にも「よしなの事とは思へども、あたた浮世や、あたた浮世や」と用いられている。「あたた」はこのように近世初期に強力な伝播《でんぱ》力を持っていた流行語で、その語を用いることによって、歌謡は当代的な魅力を具《そな》えることができたとも言えよう。

この歌の表現上のもう一つの特徴は、後半の「人に恨みも、人の恨みも」にある。繰り返される「人」に続く「に」と「の」という一音節の助詞の微妙な相違によって主格を転換し、恋愛における男女の心のすれ違いを両者の立場から表現し得ている。日本語を巧みに用いた歌詞と言ってよいであろう。

*阿国歌舞伎―06歌参照。

*国女歌舞伎絵詞―京都大学附属図書館蔵。阿国歌舞伎の踊歌を絵物語として描く。

*女歌舞伎―阿国歌舞伎をまねた女性による歌舞伎。別名を遊女歌舞伎とも言う。

*おどり―天理図書館蔵。女歌舞伎の踊歌の歌集。

17

相思《あひおも》ふ仲さへ変はる世の慣らひ、ましてや薄き人な頼みそ

【出典】11・小歌

相思相愛の仲でさえ心変わりしてしまうのがこの無常の世の常というものだ。ましてや初めから薄情な人へは思いをかけないことが肝心だ。

相思相愛の仲もこの無常の世では、けっして盤石なものではない。ましてや、自分だけが一方的に思いを寄せるような恋愛はやめておけという忠告の歌である。「相思ふ仲」の関係の恋人と「薄き人」とを対比することによって、無常の世に生きる男女の恋愛の宿命と人の心の無常を歌う。人の心の無常は隆達節をはじめとする室町小歌で主題とされることが多い。この歌では「さへ」「ましてや」という類型的な構文を用いることによって、いつの世も変

わらぬ恋愛の真理を衝《つ》いている。その際に「な〜そ」*という穏やかな禁止の表現を用いていることも見逃せない。それによって、恋愛に関して熟知したいわば人生の先輩が、後輩に対してアドバイスを行う歌詞になるからである。誰もが求めてやまない恋愛の常住は、この無常の世ではけっして叶《かな》うことのない見果てぬ夢なのだ。

この歌の音数律は五・七・五・七・七の短歌形式である。つまり和歌と同じ音数律に乗せて歌われた歌謡ということになる。和歌と共通する音数律の歌詞を採りながら、表現は和歌よりも口語的で強い。それは前述したような構文や表現を用いていることによるものであるが、それは人々の心を強く捉える表現でもあった。口頭伝承によって広まっていく歌謡としての力を具えた歌詞であると言えよう。また、前半の五・七・五に当たる「相思ふ仲さへ変はる世の慣らひ」が説得力を持った定理として、一種の慣用句のように機能していることも否《いな》めない。したがって、この五・七・五がいわば連歌*の前句のような役割を担っていることになる。それに「ましてや薄き人な頼みそ」という口語的な性格の強い七・七句を付けてこの歌詞が成立している。この歌には強さとしなやかさの両方が具わっていることが知られるであろう。

＊「な〜そ」―副詞「な」と終助詞「そ」が呼応した形で、「どうか…してくれるな」の意味となる。

＊連歌―和歌から派生した詩歌の一形態で、五・七・五の発句と七・七の脇句以下、長短句を交互に連ねていく文芸。

18

逢ひみての後《のち》の別れを思へばの、辛き心も情かの

【出典】12・小歌

一晩を共に過ごした後の後朝《きぬぎぬ》の別れの辛さを思えばね、来てくれないというあの人の薄情な心も愛情からなのだろうかね。

この小歌は前半で「逢ひみての後の別れ」、すなわち後朝《きぬぎぬ》の別れの辛さを歌うが、その主題は後半の「辛き心も情かの」にある。すなわち、逢いたいと願っている私の気持ちを裏切り、訪れてくれない男性のつれなさを嘆いているのである。しかし、その表現はあくまでも逆説的で、恋人がやって来てくれないことは、後朝の別れの辛さを私に与えないための愛情からであろうかというのである。

＊後朝の別れ――共寝《ともね》をした男女が翌朝になって別れる恋愛場面のこと。

しかし、恋愛において辛い場面は後朝だけではなかった。我が国の伝統的な恋歌では、恋する女性を苦しめる場面として二つが詠まれ続けて来た。そのひとつは後朝の場面であったが、別に待つ宵の場面があった。『*新古今和歌集』恋三・一一九一に収録された著名な和歌に*小侍従《こじじゅう》の「*待つ宵に更《ふ》けゆく鐘の声聞けば飽かぬ別れの鳥はものかは」がある。小侍従はこの歌で、待つ宵の辛さの方が後朝の辛さよりも勝るとした。この和歌は「*待つ宵、帰るあした、いづれかあはれはまされる」という問いがあり、それに対する答えとして詠まれたものである。すなわち、後朝の別れと同等の辛さをもたらす恋愛の場面として、待つ宵があったのである。掲出した隆達節では、男性が後朝の別れの辛さを女性に与えることを回避するために、逆に待つ宵の苦しさを与えたことになる。それは大きな矛盾をはらむ行為と言える。つまり、この隆達節の歌詞は皮肉として捉えるべき内容となっているわけである。

　隆達節の一首に「つれなかれかし、なかなかに、つれなかれかし」（12歌参照）という草歌があるが、こちらの歌は同じ逆説的な表現を持ちながらも自己の内面に沈潜していくような切実さが感じ取れる。一方、掲出歌には、相手を皮肉るような外向きの心情を認めることができるであろう。

＊新古今和歌集―後鳥羽《ごとば》上《じょう》皇《こう》の院宣をうけ、元久二年（一二〇五）に藤原定家たちによって撰進された第八番目の勅撰《ちょくせん》和歌集。

＊小侍従―生没年不詳。石清《いわし》水《みず》八幡宮《はちまんぐう》別当であった紀光清の女《むすめ》。母は歌人として有名な小大進《こだいしん》。

＊待つ宵に……―「恋人を待つ宵に、更けてゆくことを知らせる鐘の音を聞く辛さと言えば、別れなければならない朝を告げる鳥の声も、ものの数にに入るだろうか。いや入りはしない」の意味。

＊待つ宵、帰る朝……―「恋人の訪れを待っている宵と後朝の別れのどちらが、よりしみじみと切ないものか」の意味。

19

雨の降る夜の独り寝は、いづれ雨とも涙とも

【出典】23・小歌

雨降る夜にあの人の訪れを待ちながら寂しく独り寝をしていると、どれが雨粒で、どれが私の流す涙かの区別がつかなくなることよ。

待つ宵の辛さを主題とする歌謡は数多くみられる。そのなかにあってもこの歌は秀歌と評すことができる歌であろう。天気のよい夜でさえ通って来るのが間遠になっているあの人であるのに、ましてこんな雨の夜には来てくれるはずもない。そんな絶望的な思いのなかで、それとは裏腹に、かつての二人の熱愛の記憶が交錯し、期待とあきらめが相半ばするような雨夜の待つ恋の歌なのである。待つ女にとって雨は涙を想起させる。そこで、戸外の雨と

目元の涙が同一視されることになる。自らが流す涙で袖を濡《ぬ》らしながら、ただひたすら待つ女にとって、自分が屋内にいるのか、それとも戸外にいて雨に濡れているのかわからなくなる刹那がある。その時、女を取り巻く世界は雨夜の暗い闇に閉ざされ、女の心の中の闇と渾然一体《こんぜんいったい》となるのだ。

以上のように、この歌は雨の夜に恋人の訪れをただひたすら待つ以外にすべのない女性の、切なくも辛い思いを歌っている。歌詞に涙を用いているだけに、現代の演歌につながるようなしっとりとした恋歌であると言えよう。音数律の上からは、室町小歌の中に一定の比率で登場する七・五・七・五（さらに細分化すると三・四・五・三・四・五）の音数律を採用して、リズム感豊かな歌に仕立てあげられている。何度も繰り返して歌いたくなるような調子のよい小歌であるが、その内容はひたすら深刻である。そして一方では、その軽快なリズム感は、ひたすら男の訪れを待つ女の辛さが、日常的に繰り返されていることを物語るようにも響いてくる。それに気付いた時、この歌の持つやりきれないほどの切なさが胸に響くことになる。現代日本の恋歌を代表し、抒情の中核に置くべき歌謡曲は演歌であるが、この隆達節は演歌の世界を四〇〇年も先取りした例として記憶しておかなければならない。

20

いかにせん、いかにせんとぞ言はれける、もの思ふ時の独《ひと》り言《ごと》には

【出典】28・小歌

どうしよう、どうしようとつい口から出てしまうなあ。物思いをしている時の独り言には。

我が国で中世という時代を生き抜いた人々が、日々どのような生活や思いを重ねながら人生を送ったのかを具体的に垣間見《かいまみ》ることのできる歌として興味深い。当然のことながら、当時の人たちにも悩みごとや考えごとは多々あった。そんな時には思わず「いかにせん、いかにせん」と口を衝《つ》いて出てしまうのが常であったろう。この小歌がそのことを教えてくれる。「いかにせん」は現代語では「どうしよう」に相当するから、現代人が考え事にふけり、「ど

うしよう、どうしよう」と無意識に言っているのと同じことが中世にもなされていたことがわかる。中世の人たちも「いかにせん、いかにせん」という独り言を発する時には無意識であったはずである。その無意識の言葉を、ある時突然意識化できるようになる瞬間がある。それは自らが悩んだり、困ったりしている様子を客観的に見つめられる瞬間の到来に他ならない。自らの姿を客観的に見つめられるようになった段階で、その人の悩みや苦しみは既に半ば解決したようなものである。そして悩みから解放された後には、悩んでいた最中の自分の姿を振り返り「いかにせん、いかにせん」としきりにいっていたなあと懐かしささえ覚えながら、冷静に分析できることもあろう。

我を忘れて、悩みの中に埋没する自分は、小さくて情けない存在ではあるが、しかしまたそんな弱い自分が無性に愛しく思えたりもするのだ。これは時代を超えて変わらない普遍的な人間の姿であろう。この歌は人が一生を生きていくなかで、誰もが味わったことのある経験の一場面を切り取って、歌詞に仕立てた親愛なる小歌である。また、それと同時に深い人間観察に基づいた歌ということもできるであろう。隆達節には深い人間観察に基づく歌が散見するが、この歌はその代表例と言える。

21

いつもみたいは、君と盃《さかずき》と春の初花《はつはな》

いつも傍《はた》で見ていたいものは、あなたと盃と春に最初に咲く桜花だよ。

【出典】38・小歌

この歌は、いつも自分の近くに置いて見ていたいものの名前を列挙している。いわゆる〝物尽くし〟*と呼ばれる表現方法を採用した隆達節である。「君」「盃」「春の初花」の三点が挙げられているが、いずれも異存がないものばかりであろう。うき世を生きる人生の楽しみは、恋愛と飲酒、そして花や月といった美しいものを眺めて愛《め》でること。隆達節には「花よ月よと暮らせただ、ほどはないものうき世は」*という歌もある。

＊物尽くし―同種のものや、ことの名を並べ立てる表現形式。

＊花よ月よと……―46歌参照。

仮に自分の人生にとって大切なもの三点を挙げよと言われた場合、いったい何を選ぶのかを自身に問うてみるのも面白い。家族、友人、家屋、自動車、宝石、地位、名誉、趣味、自然、生命など様々なものが想定されるが、隆達節に歌われた恋愛の相手、お酒、桜の花を挙げる人もいるであろう。その意味では、時代を超えた普遍性がある。

　この小歌の表現方法である〝物尽くし〟は、『*枕草子《まくらのそうし》』の表現形式の一つとしてよく知られているが、平安時代以降の歌謡の歌詞にも多くみられる。平安末期に流行した今様の集成『*梁塵秘抄《りょうじんひしょう》』にも「和歌にすぐれてめでたきは、人麻呂赤人小野小町、躬恒《みつね》貫之《つらゆき》壬生忠岑《みぶのただみね》、遍照道命和泉式部」（巻一・今様・一五）など数多くの歌がある。

　ところで、この歌に「春の初花」とあるのは、当時は桜の初花が尊重されたからであろう。この語は『*古今和歌集』（春上・一二・源当純《まさずみ》詠）以来の伝統的な*歌ことばである。なお、戦国時代に中国から日本に伝来した名高い茶器に「初花」と名付けられた*肩衝《かたつき》がある。*足利義政の命名と伝えられるが、後に〝三大肩衝〟の一つとして徳川家に伝来することとなった。戦国の世にあって「初花」という語がいかに人々の心を捉えたか想像に難《かた》くない。

＊枕草子―清少納言《せいしょうなごん》作の随筆。一一世紀初頭頃の成立。

＊梁塵秘抄―後白河院撰の歌謡集。一二世紀後半の成立。

＊古今和歌集―醍醐天皇《だいごてんのう》の勅命をうけ、延喜五年（九〇五）に紀貫之《きのつらゆき》たちによって撰進された我が国最初の勅撰和歌集。

＊歌ことば―01歌参照。

＊肩衝―茶器の一種で、肩のやや角ばった茶入れのこと。

＊足利義政―永享八年（一四三六）～延徳二年（一四九〇）。室町幕府第八代将軍。

22

厭《いと》はるる身となり果てば、せめて我が身の咎《とが》も、身の咎も云、身の咎もがな

【出典】44・小歌

愛しい人にすっかり嫌われてしまったならば、せめてものこと私に何か過失でもあってほしいよ。それなら諦めもつくというものだから。

この歌は、男性の訪れがないまま恋愛が終息を迎えつつある状況下で、女性の立場から歌う内容の歌詞となっている。男性の心変わりの原因を自らの過失と考えるのならば、まだあきらめもつくはずだという女性の切ない気持ちが歌われているのである。

『宗安小歌集』にも「厭はるる身となり果てば、せめて我が身の咎も、身の咎も、身の咎もがな」という同じ歌詞の歌がみえる。しかし、厳密に言え

ば両者の間には若干の相違がある。隆達節の方には三度繰り返される「身の咎も」のうち、二度目の後に右寄せした小ぶりの「云」という文字が付けられており、その点が相違する。この文字はこの歌を含めて合計一〇首の隆達節の歌詞に付さているもので、歌唱法にかかわる記号のような役割を担っていたものと推測される。しかし残念ながら、今日までその意味は十分には解明されていない。浅野建二《けんじ》は次のような三説を提唱している。

①上句の余韻をユリ声などで引いて、下句を都々逸の唱法のように軽妙に落とす謡い方か。

②「云」の字を間に挿入して、上下の二句を唱和形式に歌うことを示したものか。

③「云」はこのまま「ウン」と訓《よ》まれた一種の唱法を示すものか。

筆者はこれをそのまま「ウン」と歌い、一種の囃子詞*とした可能性があると考えるが、今後のさらなる解明が待たれるところである。

なお、隆達節にはこの歌と同じように、女性の立場から恋愛の終息時の切ない気持を歌った例として「つれなかれかし、なかなかに、つれなかれかし」*という草歌もある。

＊囃子詞──歌謡において意味内容に関係なく、歌詞の途中や最後に置いて調子をとることば。

＊つれなかれかし…──12歌参照。

23

嫌《いや》とおしやるも頼みあり、青柳よりも雪折れの松

【出典】51・小歌

あなたが私の求愛に嫌と返事をしたとしてもそれを頼みにすることよ。靡《なび》きそうで結局は靡かない青柳よりも、真《ま》っ直《す》ぐで一途な雪折れの松の方がいざという時には頼りになるのだから。

現代に至るまで恋愛の慣用句の一つとして知られることばに「嫌《いや》よ、嫌よも好きのうち」がある。女性を口説き落としたい男性の側からすれば、ある意味で自分にとって都合のよい解釈となる。掲出した隆達節はそんな慣用句を歌にした趣がある。気があるような素振りを見せても最終的にはなかなか靡《なび》いてくれない女性を「青柳」に譬《たと》え、逆にきっぱりと求愛を断るタイプの女性を「雪折れの松」と評している。両者のうち「雪折れの松」の方に、恋

の成就に向けて一縷《いちる》の望みをかけようとする健気《けなげ》な男心である。「嫌よ、嫌よ」がたいていは本音である以上、「雪折れの松」が靡くことはほとんど期待できない。しかし、それでも明日を信じて生きようとする男性の心意気や逞《たくま》しさが描かれていると解釈できる。あるいは見方を変えれば、厚顔無恥な求愛ぶりが戯画化されていると解釈するのも面白いかもしれない。

この歌と類似する主題ながら、「竹」という別の植物を用いた隆達節の小歌として、「竹ほど直《すぐ》なるものはなけれども、雪々積もれば末は靡くに」がある。こちらの歌では、「竹」が「直」でありながらも撓《たわ》み「靡く」性格を持っていることを使って、けっして靡くように見えない竹が、実は大量の「雪」が積もればその重みで靡くことを歌う。すなわち、難攻不落の女性でも、何度も「行き行き（雪々を掛ける）」すれば最終的には、自分に靡いてくれるはずだというのである。

掲出した隆達節では、恋愛対象の女性の自分への態度を柔軟な「青柳」ではなく、堅固な「松」であると認識することで、かえって頼みをかけようとするのに対し、「竹ほど……」の歌では堅固と柔軟を併せ持った「竹」を譬えに用いて、一人の女性の持つ二面的性格を歌っているのである。

24

色よき花の匂ひのないは、美し君の情ないよの

【出典】54・小歌

色美しい桜花に匂いがないのは、美しいあなたに私への愛情がないのと同じことよ。

古来桜は花の色の美しさが愛《め》でられた。それは匂い（香り）の馨《かぐわ》しさが愛でられた梅と対照的だったと言える。美しい色を持つあの素晴らしい桜花に匂いがないのは、容姿端麗で美しいあなたに私への愛情がないのと同じだという比喩仕立《じた》ての歌である。歌の主眼は後半の「君」の「情」にあることは言うまでもない。隆達節を含む室町小歌において、前半に梅や桜を引き合いに出して、主眼部分の後半をクローズアップする歌詞の歌は多い。「梅は匂ひ、

花は紅、柳は緑、人は心」（四五八・草歌〈春〉）、「梅は匂ひよ木立は要《い》らぬ、人は心よ姿は要らぬ」（四五九・小歌）などがそれに当たる。「梅は匂ひ」「花は紅」「柳は緑」はそのなかでも慣用的に用いられた。これらの慣用句は「梅」「花」「柳」といったそれぞれの植物の持つ特質を、「匂ひ」「紅」「緑」という一語で端的に表現したものである。したがって「梅」は「匂ひ」に美的本質があって、けっして「紅」にはない。同じように、「花」は「紅」こそがその本質で、「匂ひ」にはない。掲出した隆達節では「紅」の代わりに「色よき」という語が使用されているが、「花」には紅色の美しさが具《そな》わっていることでその本質を満たしているので、「匂ひ」がないのは当然のことなのである。しかし、欲を言えば「匂ひ」の方も具わってくれれば完全無欠の存在となるであろう。自分が想いをかける相手は容姿が端麗で素晴らしいが、残念なことに私に対する愛情に欠けているのである。私への愛情も持っていてくれればよいのにという気持ちを、植物を用いた慣用的表現を使って歌うのである。

一方、隆達節には「見目《みめ》がよければ心も深し、花に匂ひのあるも理《ことわり》」という逆の内容を歌う小歌もある。この歌では、本来「花」にはないはずの「匂ひ」までが具わっている譬えによって、恋愛相手の素晴らしさを歌うのである。

25

生まるるも育ちも知らぬ人の子を、いとほしいは何の因果ぞの

【出典】62・小歌

生まれも育ちも知らない赤の他人であるあの人を、こんなにも愛おしく思ってしまうのはいったいどのような前世の因果によるものなのだろうか。

運命的な恋愛は出逢いの瞬間に始まる。その瞬間にはそれぞれが過ごしてきた過去の時間は問題にされず、ただひたすら現在のみに焦点が合わせられるのである。つまり、生まれも育ちも知らないばかりか、つい先ほどまで赤の他人であったあの人のことがこんなにも愛しく思われるのは、いったいどういう廻《めぐ》り合わせなのかという気持ちになる。古代日本では、現世で恋愛関係を持つのは前世からの因縁があったからだと考えられた。しかし、恋に落

ちるまでは前世からの因縁があったことも、また現世での相手の生まれや育ちについてもまったく知る由《よし》もなく、その時点までは何の関係もない人だったのである。

窪田空穂《くぼたうつぼ》『わが古典鑑賞（二）』（昭和三四年・春秋社）はこの歌を「遊女かなぞに恋着している男の、その苦しさから自身を批判した言葉である」とし、「生まるるも育ちも知らぬ人の子」については「素性の明らかでない女で、たぶん遊女であろう」と断じている。また「一方には恋愛という不思議な夢を重んじていながら、同時に一方では、その恋愛している女を、生まれも育ちも知らない人間として、あくまでも批判的に眺めている」と評する。この解釈は管見とは大異がある。生まれも育ちも知らない相手に好意を持つことは初恋段階での常である。遊女の素性のみが不明なわけではない。例えば＊『ものくさ太郎』の主人公が恋した女性の身元を＊「大和言葉」を解くことによって知ったように、高貴な女性の身元も初対面の段階で不明なのは一般的なことであった。つまり「生まるるも育ちも知らぬ」は、必ずしも「どこの馬の骨とも知れない」という意味にはならないのである。この歌は初対面の相手に惹かれてしまった我が恋心の不思議さを歌っているものと解釈できる。

＊ものくさ太郎―江戸時代前期に大坂心斎橋の渋川清右衛門が出版した渋川版『御《お》伽草子《とぎぞうし》』二三編のうちの一編。作者は未詳。

＊大和言葉―和歌の一部や雅語、女房言葉のこと。

26

縁さへあらばまたも廻《めぐ》り逢はうが、命に定めないほどに

【出典】75・小歌

縁さえあるならば再会できることもあるだろうが、この命がいつまで続くかもわからないのだから。

縁とは当人にはわからない無常の世における廻《めぐ》り合せのことである。自分はいつまでこの世に生きながらえることができるのか、この生命のあるうちに昔親しんだ人と再び廻り逢うことができるのか、という問いかけも、無常の風の前では空《むな》しくかき消されてしまう。人の世で繰り返される偶然の営みのすべてを、いわば必然として捉えようとする時、そこに宿命という概念が介在してくるのではないか。偶然の積み重ねを必然と捉えることは、人間の

視点を超えた神仏の視点に近いものであろう。
人は誰もよりよい人生を送ることを願いながら、日々悪戦苦闘を続ける。その中で他人との出会いもある。人生と人生との交差点に存在するものが出会いであろう。生きている間に何度も繰り返し交差する人生もあれば、並んでともに歩く人生もある。逆に一度も交差しないすれ違いの人生もあれば、一度だけ、あるいはわずかな回数だけしか交差しない人生もある。掲出した小歌は過去の人生で何度も交差を重ねてきた人、もしくはともに歩いてきた人と、今後の人生では交差する機会があるかどうか分らない状況を歌う。この歌を過去に恋愛関係にあった男女間の抒情と考えることもできるし、親しくしていた友人間のものと捉えることもできよう。つまり、この歌は人生の画期《かっき》である別れの折の抒情と言える。現世での再会は、縁と呼ばれる宿命に左右されるものであり、しばしば無常のために阻《はば》まれることもあった。なお、「命あらばまたもや廻りみもやせん結ぶの神のあらぬ（む）限りは」という和歌が『猿源氏草紙』*にみえる。掲出した隆達節とよく似た内容を歌っているものの、隆達節では縁の存在を強調し、命さえあれば再会できると歌うのに対し、和歌の方は再会の条件として命の存続を挙げており、興味深い。

*猿源氏草紙――04歌参照。

27

思ひ切らうやれ、忘れうやれ、添はぬ昔もありつるに

【出典】88・小歌

あの人のことは思いきってしまおう、忘れてしまおう、まだ恋仲になる前の昔もあったのだから。

多くの人はその人生の中で失恋を味わうことになる。そんな時、失恋した自らをなだめて心を安定させようとするのは、普遍的な心情であろう。言い換えれば、自分への説得ということになるかもしれない。それは自分の心を絶望的な辛さから解放して慰め、早く立ち直らせようとする行為に他ならない。この歌は恋の相手を愛しく思い始める前の過去を引き合いに出して、この失恋の結果は単に相手に好意を持つ前の状況に戻っただけのことだという

論理を展開する。自らの心を無理やりに説得にかかっているのである。失恋の絶望にある時、自らを説得しようとすると、どうしても論理的になってしまう。隆達節はそういった人の心の動きをしっかりと捉えて、歌詞にしていると言える。その意味で深い人間観察に基づいた歌と評してよい。

恋の思いを断ち切ろうとするものの、なかなか思い切れない状況は室町小歌の大きな主題のひとつであった。『閑吟集』『宗安小歌集』には「思ひ切りしに来て見えて、肝を煎らする、肝を煎らする」という歌がある。「せっかく思いを断ち切った恋なのに、そんな時に限ってあの人といったら私の前に姿を現して、私の肝を煎らせるのね。本当に肝を煎らせる人ね」の意味である。この歌は『閑吟集』と『宗安小歌集』の二集成に収録された小歌で、当時の人口に膾炙していた著名な流行歌謡と考えられる。また、『宗安小歌集』三六番歌には「思ひ切りしにまたみてよの、なかなか辛きは人の面影」という歌もある。「思いを断ち切った恋なのに、またあの人の面影がちらついてしまった。それはかえって辛さがつのることだよ」の意味である。中世人の切ない恋の抒情が数多く残された室町小歌は、普遍的な日本人の心を伝える珠玉の古典詩歌と言えよう。

28 葛城山《かづらきやま》の雲の上人《うへびと》を云、雲の上人を

【出典】118・小歌

葛城山の雲の上にいるような手の届かない人に恋をしてしまったよ。どんなにしたって手の届かない人に。

隆達節の歌本以外に隆達が残した自筆資料は数少ない。そんな数少ない自筆資料の中に、次のような文面を持つ年代不詳の五月十日付書簡*がある。

先日《せんじつ》参《まゐり》候《さうらふ》処《ところ》ニ天下《てんかの》道具《どうぐ》拝見《はいけん》申《まうし》候《さうらふ》。満足《まんぞく》過之《これにすぎ》候《さうろふ》。然者《しかれば》小哥《こうた》又《また》壱《ひと》つ出来《いでき》候《さうろふ》。御前《ごぜん》へ能《よく》相傳《さうでん》申度《まうしたく》候《さうらふ》。猶《なお》以面《めんをもって》可申《まうすべく》候《さうらふ》。恐惶《きょうこう》かしく。

五月十日　隆達

かつらき山の、雲のうへ人を云、くものうへ人を

*書簡―手紙のこと。この書簡は『思文閣墨蹟《ぼくせき》資料目録』第二二四号(平成三年二月)に掲載された。

この書簡中にみえる歌が冒頭に掲出した隆達節であるが、その第二句「雲のうへ人を」の末尾には右寄せした小ぶりの「云」という文字が記されている。これは他の九首の隆達節の歌詞中にもみられる文字であるが、詳細については22歌の項目を参照いただきたい。

「葛城山の…」の歌詞は『和漢朗詠集』*下・雲・四〇九・詠み人しらず歌「よそにのみみてややみなむ葛城《かづらき》の高間の山の峰の白雲（遠くからよそながらみただけで終ってしまうのだろうか、あの葛城の高間の山にかかる雲のような存在のあの人は）」を踏まえたものである。同じ隆達節の小歌の中には「君は高間の峰の白雲、よそにのみみてやみなん（あなたは葛城の高間の山の峰の白雲のような存在だ。傍近く添うこともなく遠くからみるだけで終わってしまうのだろうか）」という類似する歌詞の歌謡もある。また『閑吟集』にも「葛城山《かづらきやま》に咲く花候《ぞろ》よ、あれをよとよそに思うた念ばかり（あの人は葛城山に咲く高嶺《たかね》の花のようだよ。手に入れたいとよそながら思うだけで、けっして手に入れることはできないのだ）」という一首がある。同じ典拠を持つこれらの歌と比較してみると、掲出した隆達節は「雲の上人を」という言い差しの表現を繰り返し二度用いることによって、余情を巧みに作り出していると言えよう。

＊和漢朗詠集――寛弘九年（一〇一二）頃成立。藤原公任《ふじわらのきんとう》撰。朗詠に用いる漢詩や和歌を収録した詩歌集。

29 帰る姿をみんと思へば、霧がの、朝霧が

【出典】125・小歌

愛しいあの人が帰っていく後ろ姿を見送ろうと思っているのに。霧がね、朝霧がね……。

＊後朝《きぬぎぬ》の別れを美しく描く名歌である。戸外に出て後朝を惜しむ男女、その二人を無情にも隔てる朝霧。情景と心情が渾然《こんぜん》と溶け合った描写に加えて、言い差しの歌詞に切ない恋の余情が滲《にじ》んでいる。『閑吟集』一六七番歌に「後影《うしろかげ》をみんとすれば、霧がなう、朝霧が」、また『宗安小歌集』二九番歌にも「帰る後影をみんとしたれば、霧がの、朝霧が」という類似した歌詞で収録される一大流行歌であった。『閑吟集』の「後影」という抽象的かつ抒情

＊後朝の別れ――18歌参照。

的な歌い出しと比べると、『宗安小歌集』では「帰る」が付加されて、具体的かつ説明的になっている。その分だけ抒情性は薄れているが、隆達節ではさらに「帰る姿」と歌い出す。別れていく男の描写が「影」から「姿」に変化してしまっているのである。これは『宗安小歌集』からさらに一段と具体的、説明的になっていると評すことができる。つまり、隆達節は先行する室町小歌の詞章と比べると、抒情性という観点からは減退していると言わざるを得ない。しかし、後半の「霧がの、朝霧が」という余韻溢《あふ》れる言い差し表現には変化がなく、その表現の魅力によって、『閑吟集』以降百年にわたって流行した注目すべき室町小歌と言えよう。

この歌はさらに後代の『山家鳥虫歌*』にも大和国風《やまとのくにぶり》・四一番歌に「情けないぞや今朝たつ霧は、帰る姿を見せもせで」と継承された。室町小歌の歌詞は続く江戸時代の流行歌謡の基盤となったことが指摘できる。『山家鳥虫歌』の歌は、隆達節と比較してもさらに説明的な表現が進んでいる。なかでも冒頭に「情けないぞや」といった直接的な心情表現が置かれている点は見逃せない。また、音数律も室町小歌の不定形から近世小唄調*に変化し、抒情性よりもリズムに重きが置かれた歌謡に変質してしまった観が否めない。

＊山家鳥虫歌―明和九年（一七七二）刊の歌謡集。原長常編。

＊近世小唄調―10歌参照。

30

君が代は千代に八千代に、さざれ石の巌《いはほ》となりて苔のむすまで

【出典】135・小歌

あなたの寿命は永く永く続いてほしいことよ。あのさざれ石が巌となって苔が生えるくらいまで。

言わずと知れた著名な歌で、後代には国歌とされた。古く歌い出しを「我が君は」として『古今和歌集』に入集した詠み人知らずの賀の歌*であった。この歌の主題は長寿で、本来は相手に歌いかけることによって、その人の長寿を祈り、寿《ことほ》ぐものであった。「君」は恋人であり、親であり、友人であり、主君であり、また周囲のすべての人に向けられた二人称である。言霊《ことだま》と呼ばれる言葉の力を信じる気持ちを持っていた古代の日本人は長寿を願い、予祝*

＊賀の歌――『古今和歌集』賀の部立の巻頭歌（『国歌大観番号』は三四三）として収録されている。

＊予祝――01歌参照。

する歌を声に出して歌うことで、実際の長寿を引き寄せることができると考えた。

歌われた内容を検討してみよう。「さざれ石の巌となりて」とあるが、現実には小さな砕けた「さざれ石*」が成長して「巌」となることはありえない。この歌を作り、また歌ってきた人々も、当然ながらそのことは十分に理解していた。つまりは、起こりえないことをあえて歌っているのである。実現しない状況を待っていても、その時間はけっして到来しない。すなわち、絶対に廻って来ない時間を待つ歌を歌うことによって、永遠の時間を表現し、相手の寿命が末長く続くことを願ったのである。あまつさえ、その巌に苔がむすまでの時間を追加して、いわばだめ押しまでしている。このような大げさな表現によって、相手に対する思いの深さを表明しようとしたのが昔の日本人であり、そこにこそ他人を思いやる日本人の心性を垣間見ることができるのである。言霊の力によって、相手が本当に長寿を保てるように願うと同時に、自分自身も長寿にあやかろうとしたはずである。それは「情けは人のためならず」という考え方を持っていたからである。

この歌は延々と歌い継がれ、平安時代の『古今和歌六帖《ろくじょう》』*『和漢朗詠集』*

*さざれ石―小さい石のこと。集積した小石の隙間に炭酸カルシウムや水酸化鉄が入り込んで凝集した岩石（学術的名称では「石灰質角礫岩《かくれきがん》」）と考える説もあるが、それを採らない。

*古今和歌六帖―平安時代の『後撰和歌集』から『拾遺和歌集』の間に成立したと推定される類題歌集。撰者《せんじゃ》未詳。

*和漢朗詠集―28歌参照。

などといった書物のなかにも「我が君は」として掲載されている。鎌倉時代末頃から南北朝時代に至ると、冒頭を「君が代は」として歌われるようになった。『*曾《そ》我《が》物語』に「君が代は……」として見える他、*伏見宮貞成《さだふさ》親王が関与して成立したと考えられる『*朗詠九十首抄』にも「君が代は……」の歌詞で掲載されている。『朗詠九十首抄』は実際に歌われていた歌謡を譜入りで収録した本であるから、同書に収録されたということは、この歌が「君が代は……」の歌詞で、朗詠として成立し、享受されていたことを意味している。それに影響されたのが『和漢朗詠集』の中世成立の写本であった。この歌は次第に「我が君は」から「君が代は」として歌い出されるようになり、新しい歌詞の方で収録されるようになっていく。そしてそれが朗詠の節付けから脱却し、小歌の曲節にも合せて歌われるようになって行くのである。そんな折に登場したのが高三隆達であった。隆達はこの歌詞に独自の節付けをして、自らの持ち歌としたと考えられる。当時日本に滞在していたポルトガル人宣教師の*ジョアン・ロドリゲスは『*日本大文典』の中で「小歌」として「君が代は」の歌詞を紹介している。当時は隆達節の全盛期であり、隆達節のこの歌が当時の流行歌謡として広まっていたことがわかる。また、物語の時代を

*曾我物語―鎌倉時代末頃成立と推定される軍記物語。曾我兄弟の生い立ちから仇《あだ》討《うち》までを描く。

*伏見宮貞成親王―伏見宮栄《よし》仁《ひと》親王の子で、後花園天皇の父。(一三七二)～(一四五六)。後崇《す》光《こう》院と贈名された。

*朗詠九十首抄―中世に成立した源家流の朗詠の譜本。後崇光院本とそれから派生した流布本の二種類がある。

*ジョアン・ロドリゲス―一五六一年頃～一六三三年。ポルトガル人のイエズス会士でカトリック教会司祭。

慶長年間に設定する仮名草子『*恨《うらみ》の介《すけ》』にも酒宴の最初の場面で「当世はやる隆達節」としてこの歌を登場させている。「君が代は……」の歌が、流行歌謡であった隆達節の代表的な一首であったことが確認できるのである。祝言性の強い歌を冒頭に歌うのは我が国の芸能の伝統であった。したがって数多くある隆達節の歌謡の中から、祝言の内容を持ったこの歌を選んで〝いの一番〟に歌うことは常のことであった。隆達節には多くの歌本が残されているが、その第一首目に「君が代は……」の歌を収録しているものが多い。それは祝言性の強いこの歌をまず最初に歌う機会が多かったことを意味しているのである。

今日の国歌「君が代」は明治一三年（一八八〇）に、この歌詞に新たな曲が付けられて歌われるようになったもので、朗詠や隆達節とは曲節が異なることは言うまでもない。しかし、古代から日本人が大切にしてきた言葉の力を信じる気持ち、また相手に敬意を払い、深く思いやる気持ちは、この歌詞によって伝え続けられているのである。この歌は一部の人たちが主張するような天皇制賛美の歌などではけっしてなく、日本人の心のあり方を示す歌なのである。その意味でこの歌は国歌にふさわしいと考える。

*日本大文典―『日本語文典』とも呼ばれるジョアン・ロドリゲスの日本語文法指南書。

*慶長年間―一五九六年〜一六一五年。

*仮名草子―江戸時代初期に行われた文学ジャンルの名称。

*恨の介―江戸初期の仮名草子。作者および刊行年は不詳。古活字本・寛永整版本など複数の刊本がある。

31

君と我、南東《みなみひがし》の相傘《あひがさ》で、逢はで浮き名の立つ身よの

【出典】139・小歌

あなたと私とかけて、南東の相合傘と解く。その心は、逢うことも叶わないのに、恋の噂《うわさ》ばかりが立《た》つ身《み》（巽《たつみ》）だよ。

古く南東の方角は十二支を使って巽《たつみ》（辰巳《たつみ》）の方角と言った。巽からの風が吹き出すと急なにわか雨が降って、愛し合うあなたと私の二人はあり合わせの一本の傘の下に身を寄せることになる。つまり男女が相合傘《あいあいがさ》を差すことになるのである。するとそれをみた人々によって、二人の恋愛関係が取り沙汰され、噂の立つ身となってしまうのだ。「たつみ」は方角であり、また恋の浮名の「立つ身」なのである。日本語の同音を巧みに利用した〝しゃれ〟

による歌詞と言える。そしてまた、この歌詞は現代語訳に示したように、〝三段なぞ〟的な発想に基づいている。〝三段なぞ〟とは結びに当たる〝落ち〟の部分に〝しゃれ〟を活用したなぞかけを言う。つまりこの歌の場合には「あなたと私」とかけて、「南東の相合傘」と解く。その心は「逢うことも叶わないのに、恋の噂ばかりがたつみ（立《た》つ身《み》／巽《たつみ》）だよ」と説明することができる。

隆達節の中に、この小歌と同様の〝三段なぞ〟的な発想による歌詞は多くみられる。「三草山《みくさやま》より出づる柴人、荷負《にお》ひ（匂ひ）来《き》ぬればこれも薫物《たきもの》」（四三〇・草歌〈雑〉／15歌参照）については、本書で既に言及したが、他にも「君は初音《はつね》の郭公《ほととぎす》、待つ（松）に夜な夜な離《か》（枯）れ候よ」（一四九・草歌〈夏〉）、「身は蛤《はまぐり》、文《ふみ》（踏み）みる度《たび》に濡《ぬ》るる袖かな」（四三八・草歌〈恋〉）、「君様は西にたなびく叢雲《むらくも》よ、来た（北）はよけれど振（降）り心」（一三七・小歌）、「十七八は砂山の躑躅《つつじ》、寝（根）入らうとすれば揺り揺り起こさるる」（二〇四・小歌）などがある。中世から近世にかけて生きた人々は、この歌のような〝しゃれ〟の効いた歌を特に好んで愛唱したのである。日本人に自分たちが日常使っている日本語の面白さを再発見する絶好の機会を与えたものは、同じく日常生活の中で口ずさみ、巷間《こうかん》の路地裏から聞こえてくる歌謡であったと言えよう。

32

切りたけれども、いや切られぬは、月隠す花の枝、恋の路

【出典】157・小歌

切りたいのに簡単に切り捨ててしまえないものは、月を隠す満開の桜の枝、そして何と言っても恋の路であることよ。

「切りたいとは思いながら、結局は切ってしまえないもの」という〝物尽くし〟[*]の歌である。私たちの人生において、これに当てはまるものは案外多いが、この隆達節の歌詞では具体例として、月を隠してしまう桜の枝と恋愛を挙げている。現代を生きる我々にも納得のいく内容の歌詞で、隆達節のセンスに舌を巻く。しかし、実はこれには先行する『宗安小歌集』一〇一番歌にまったく同じ歌詞があり、さらにその小歌がもとにした古い誹諧連歌[*]

＊物尽くし—21歌参照。

＊誹諧連歌—連歌の一体で、滑稽味や卑俗さを中心とするもの。「俳諧連歌」とも表記する。

の*付合《つけあい》もあった。それは大永年間（一五二一～八）成立とされる『*新撰犬筑波《しんせんいぬつくば》集《しゅう》』の次のような付合である。

切りたくもあり切りたくもなし
さやかなる月をかくせる花の枝

この付合はいわゆる〝前句付〟と称されるもので、前句に一見矛盾する反対概念を提示し、付句でそれを解決し、納得させるというパターンを採る。後の江戸時代には*雑俳《ざっぱい》の定番となるが、大永年間成立の『新撰犬筑波集』にみられるところからすれば、『閑吟集』が編集された永正一五年（一五一八）頃には既に一定の流行があったものと推測できる。

掲出した隆達節の表現は他の隆達節の歌詞と比較すると、前半部分がきわめて異色と言える。「切りたけれども、いや切られぬは」の部分は、連歌の前句「切りたくもあり切りたくもなし」を、「いや」という囃子詞ともなりうる語を用いて歌謡化しつつ、〝物尽くし〟導入の表現に仕立て直しているのである。この隆達節は『宗安小歌集』に同じ歌がみえるものの、隆達節のなかでは遅い成立とされる小歌に属している。当時の誹諧連歌の流行を受け、評判となっていた秀句を使って室町小歌が創作されたことを裏付けている。

*付合―連歌や俳諧で、長句（五七五）と短句（七七）を交互に付け合わせること。先に置かれた句を前句、それに付ける句を付句と呼ぶ。

*新撰犬筑波集―山崎宗鑑の編による誹諧撰集。享禄《きょうろく》（一五二八～三二）末から天文（一五三二～五五）初め頃に成立。『誹諧連歌抄』とも称される。

*雑俳―前句付・冠付《かむりづけ》（笠付《かさづけ》）・沓付《くつづけ》・折句《おりく》などの種類を持つ庶民による短詩形の文芸の総称。

33 草の庵《いほり》の夜の雨、聞くさえ憂きに独り寝て

粗末な草で結んだ庵で夜に聞く雨音、それを聴くのでさえ辛《つら》いのに、そのうえ私はたった独りで寝ているのだ。

【出典】158・小歌

この小歌は平安時代末の歌人*藤原俊成《ふじわらのしゅんぜい》の「*昔思ふ草の庵の夜の雨に涙な添へそ山ほととぎす」（『新古今和歌集』夏・二〇一）という和歌を踏まえている。隆達節の歌詞には俗な恋歌が多いという印象を持たれやすいが、王朝から中世に至る和歌や物語といった古典文学を踏まえた例も相当数みられる。ここに掲出した小歌はまさにその代表格と言ってよかろう。冒頭にはまず「草の庵の夜の雨」という俊成の和歌世界を提示する。続けて、「聞くさえ憂きに」

＊藤原俊成——永久二年（一一一四）〜元久元年（一二〇四）。平安時代末から鎌倉時代初めにかけて活躍した歌人・歌学者。

＊昔思ふ……——「昔の宮中での華やかな生活を思い出しながら、今は寂しく暮らしているこの草庵《そうあん》に雨が降って

「独り寝て」という表現を加えることによって、「夜の雨音を聞くだけでも寂しいのに、自分はたった独りきりで寝ている。なんて辛いことよ」と恋の切なさを歌う。歌詞の後半は聴覚表現「聞く」、感情表現「憂き」、状況表現「独り寝て」という説明的な直接表現を重ねることによって、起点とした俊成の和歌世界である夏の夜の述懐から離れようとする工夫がなされている。

一方、俊成の和歌は末尾に「山ほととぎす」という鳥の名前を置き、その鳥の＊本意《ほい》である鳴き声を暗示している。すなわち、＊上句《かみのく》の「夜の雨」の音の上にさらに聴覚を重ねているのである。それは雨音が響いている暗く寂しい空間を、さらにいっそう寂しくさせるもので、外部世界の音に常に注意を払っている和歌中の主体の姿が浮かび上がってくる。主体の寂しさは「涙」という語でさりげなく表現されていて、隆達節の「憂き」とは異なっている。一方、主体が耳を澄ませているのは、隆達節でも同様で、恋人の訪れて来る音に聴き耳を立てているのである。隆達節の歌詞は一部に古典を引用しながら、新たな表現を付け加えることで、独自の恋歌の世界を創出しているものと評価できる。隆達節は恋する人が否が応にも感じざるを得ない孤独感や寂寥《せきりょう》感を、わかり易く、しかも巧みに歌い出すことに成功していると言えよう。

いる。山で鳴くほととぎすよ、おまえの悲しい鳴き声で、私に涙の雨まで降らせないでおくれ」

＊本意―和歌・連歌・俳諧における物の本質や情趣のこと。

＊上句―和歌の前半に置かれる五・七・五からなる句のこと。

34

後生《ごしやう》を願ひ、うき世も召され、朝顔の花の露より徒《あだ》な身を

【出典】172・小歌

来世の極楽往生を願うのと同時に、この世の楽しみも存分に味わいなさい。朝顔の花の上に一時だけ置く露よりもまだはかない命だもの。

人生は短い、という認識は古代から現代に至るまで日本人が変わらずに抱き続けたものである。生命活動の終了は思いがけず突然やってきたり、本人の生き続けたいという意向にそぐわず訪れることが多く、自らの意志で生き続けることは難しい。まさに無常の世の中とはこのことである。そんなところから、我々の先祖は日々生かされていることを実感してきたのである。

古代の日本人は仏教信仰が篤《あつ》かった。*三世《さんぜ》の思想に基づいた仏教観では、

*三世―仏教における過去世・現在世・未来世のこと。

現世、つまりこの世に生かされている短い時間に、後生の安穏を願うことこそもっとも大切だと考えてきたのである。すなわち、人がなすべきことは「後生を願」うことであった。あたかも極楽往生を願うことが現世での最大の仕事であるかのように。中世になってもこの考え方に変わりはなかった。しかし、往生を願うことと同時に、現世に生かされている短い時間を満喫しようとする考え方も次第に芽生えてきたのである。それはこの歌の歌詞にある「うき世も召」すことであった。「うき世を召」すとは現世での楽しみを存分に味わうことに他ならない。この歌は中世人が感じ取った無常観を、現世での生き方、すなわち人生観に直結させた歌と言えるであろう。

なお、神坂次郎《こうさかじろう》に『海の稲妻』（一九九八年・日本経済新聞社）という歴史小説がある。同作品中には堺《さかい》の町衆*である*呂宋助左衛門《るそんすけざえもん》が、堺にゆかりの深い公家*山科言経《やましなときつね》とともに隆達を訪ねる場面がある。隆達は作中でこの「後生を願ひ、うき世も召され……」の小歌をはじめ、「とても消ゆべき露の身を、夢の間なりと、夢の間なりとも」「独りも行き候、二人も行く、残り留まれと思ふ人も行き候」「夢のうき世の露の命のわざくれ、なり次第よの、身はなり次第よの」などの隆達節を披露する設定になっている。

*町衆―室町時代から戦国時代にかけて、京都や堺などの都市で生活し、自治的な組織を構成した裕福な商工業者のこと。

*呂宋助左衛門―永禄《えいろく》八年（一五六五）頃に誕生した堺の伝説的貿易商人。没年不詳。本名は納屋《なや》助左衛門。

*山科言経―天文一二年（一五四三）～慶長一六年（一六一一）。戦国時代から江戸時代初期を生きた公卿《くぎょう》。

35 恋をさせたや鐘撞《つ》く人に、人の思ひを知らせばや

恋をさせてみたいものだ、あの鐘を撞く役人に。そうすればきっと、恋人たちの鐘の音を聞く辛さがわかるだろうから。

【出典】180・小歌

江戸時代に執筆された*『蹄渓随筆《ていけいずいひつ》』という作品がある。随筆という表題を持つが、江戸時代に多く記された学問考証を主眼とする内容で、いわゆる考証随筆に当たる。作者は江戸在住の武士であった*石野《いしの》広通《ひろみち》である。広通は*冷泉派の歌人としても著名であった。『蹄渓随筆』のなかに隆達節に関する次のような興味深い記述がある。

ある日、江戸の渋谷にあった室泉寺では蔵書の虫干しをしていた。その日

*蹄渓随筆—石野広通の随筆。未刊。蹄渓は広通の号。

*石野広通—享保三年（一七一八）〜寛政一二年（一八〇〇）。私撰集『霞関集《かかんしゅう》』を刊行した。

*冷泉派—冷泉家《れいぜいけ》系統の和歌の一流派。

の歌会に出席するために室泉寺にやって来た広通は、虫干ししている本を手に取った。するとそこに美しい筆跡で書かれた一冊の歌本を発見することとなる。その歌本には筆跡を鑑定した鑑定家の極札《きわめふだ》が添えられており、「恋をさせたや鐘撞く人に、人の哀れを知らせばや」という歌が、そのなかの一首として記されていた。広通はその本を戻し、歌会に出席した後に帰宅したが、その歌本のことが頭から離れなくなった。そして、あの時に借り出して書き写させてもらえばよかったと後悔しながら、その機会を得ないまま数年を経た時、はたと気付いたことがあった。渋谷室泉寺は知人であった松平多門忠《ただ》命《なが》*という人の祈願所であったことを思い出したのである。つまり忠命を介して歌本を室泉寺から借り出し、書き写させてもらうことを思いついたのであった。広通はついに寛政五年（一七九三）の冬、念願を叶えた。件《くだん》の歌本を転写させてもらうことができたのである。その歌本こそ隆達節の歌本であった。それは「恋をさせたや……」が隆達節の歌詞であることから知られる。広通は『蹄渓随筆』のなかに明記こそしなかったものの、極札にも「高三隆達」という筆者名が書いてあったことは疑いがない。広通がこの隆達節の歌本に執着をみせたのには特別な理由があった。それは続く一節で明らかにされる。

*松平多門忠命――伝未詳であるが、『続徳川実紀』には天明六年（一七八六）に布衣を許されたことが記される。

隆達節の歌本を最初に手に取った時、広通は子ども時代の懐かしい記憶を甦《よみがえ》らせたのだった。「恋をさせたや鐘撞く人に……」という隆達節の歌は、彼にとって懐かしい思い出につながる忘れ難い歌だった。享保年間の中頃(一七二五年前後)、子どもであった広通は赤い表紙をかけた本を読む機会があった。江戸時代の赤い表紙の本は子ども向けの児童書で、今日の研究者はそれを「赤本」と呼びならわしている。広通が偶然手にした赤本の、とある丁には次のような絵が描かれていたと言う。

まず鯉《こい》の絵、その次には苧《お》、すなわち束ねられた形態の麻糸が描かれていた。さらに平仮名の「せ」を左右反転させた字体で記してあった。このような字体は今日では〝鏡字《かがみじ》〟と言ったりするが、江戸時代の人々は〝左字《ひだりじ》〟と称していた。左字は版木に彫りつける字体である。「左」は音読みで「さ」と発音する。ここでは意図的に反転させた左字の「せ」を「左《さ》せ」と読ませたのである。次に田圃《たんぼ》と弓矢の絵が描かれていた。最後に鎗《やり》を持っている人の絵があって、鎗の先には小判が突き刺してあった。小判は黄金の通貨である。つまり金《かね》を突き刺す人で「金《かね》突《つ》く人」が描かれていたのである。これは〝判じ絵〟*、または〝判じ物〟と呼ばれた絵で解く同音異義の〝しゃれ〟のク

＊判じ絵――江戸時代に流行した絵をみて解くなぞなぞ。

イズであった。右に掲出した絵と文字で「鯉《こい》苧《お》左《さ》せ田《た》矢《や》金《かね》突《つ》く人」、すなわち同音異義の「恋をさせたや鐘撞く人」と読ませる趣向なのである。

　この判じ絵の解答は、おそらく本のどこかに記されていたはずで、広通自身も読解できていたのである。しかし、それがいったいどのような歌の歌詞なのか、ずっと釈然としないまま年月を重ねていたのだ。そして、なんと六〇年を超える歳月が経《た》ち、広通が老年を迎えたある日、偶然にも渋谷室泉寺でその歌詞に再び巡り会ったのだった。広通はそれが名前しか聞いたことのなかったかつての流行歌謡の隆達節の歌詞であったこと、そして子どもの頃にみた赤本の判じ絵は、その隆達節をもとにしたものと理解したのであった。広通にとっては目から鱗《うろこ》の体験であったろう。それを演出したのが、隆達節のこの小歌であった。この歌は隆達節においては、近世小唄調（三・四／四・三／三・四／五）の音数律を持つ数少ない小歌で、三味線伴奏に合うそのリズムの力によって、隆達没後も多くの人々によって歌い続けられた。そして遂には享保年間の赤本にまで判じ絵として採用されたのである。江戸時代の中期を生きた人々にも、かろうじて伝えられた隆達節として記憶しておくべき一首である。

36

恋をせばさて年寄らざる先に召さりよ、誰か再び花咲かん、恋は若い時のものぢやの、恋は若い時のものよ

【出典】182・小歌

恋をするのなら、さあ齢《とし》をとる前にしなさいよ。いったい誰が人生で二度花を咲かすことができるだろうか。恋は若い時のものだなあ。恋は若い時だけのものだよ。

これは若者に恋愛を勧める歌である。若い時こそ恋の花を咲かす時季であると。確かに生気溢れ、容姿も美しい若者こそ恋の季節の住人であろう。言うまでもないが、この歌の背景には人生が短くはかないものという認識がある。かつて、あるテレビ番組で「若い頃に実行せずに終わったことで、現在もっとも後悔していることは何か」という調査が行われたことがあったが、その回答の第一位が恋愛であった。恋愛は昔も今も人生の一大事なのである。

＊全浙兵制考―侯継高《こうけいこう》の編著。中国明《みん》代の万暦二〇年（日本では文禄元年／一五九二）成立。

＊日本風土記―室町時代後期

さて、室町小歌を書き留めた異色の書物として*『全浙兵制考《ぜんせつへいせいこう》』付録『*日本風土記』がある。これは中国明《みん》代の万暦二〇年（日本では文禄《ぶんろく》元年／一五九二）に成立した書物で、侯継高《こうけいこう》という名の人物によってまとめられた。そのなかに*「山歌《さんか》」と呼ばれる歌謡が収録されている。それは*浙江地方周辺で用いられていた漢字音によって*万葉仮名のように表記された一二首の日本の流行歌謡であった。「山歌」とは、中国で日常生活や労働の際に歌われる民謡や*俗謡のような歌謡を意味する言葉である。同書に記録された「山歌」は日本の室町小歌で、当時浙江地方周辺の沿岸で活動した*倭寇によって伝えられた歌謡であるとされてきた。しかし、真鍋昌弘は渡来した明の人が日本の九州地方で収集した流行歌謡を書き留めて本国へ送り、それが『日本風土記』として出版されたとする。その「山歌」の中に「青春嘆世」という題名を付された*「十七八は再び候か、枯れ木に花が咲き候かよの」という歌謡が収録されている。この歌は壺井栄《つぼいさかえ》『母のない子と子のない母と』（光文社・一九五一年）にも小豆島《しょうどしま》の漁師の間で歌い継がれた歌謡として登場しており、室町時代以降船乗りたちの間で愛唱された歌であった。掲出した隆達節はこの「山歌」と同工異曲の歌詞の歌である。

の日本事情をまとめた書物。

*山歌—民謡や俗謡。ここでは室町小歌を中心とした日本の流行歌謡を指す。

*浙江地方—中国の浙江省周辺の地方。

*万葉仮名—漢字が本来持つ意味とは無関係に、その音や訓を借りて日本語音を表記する際に用いた漢字。

*俗謡—広く民衆が歌う流行歌や俗曲など通俗的な歌謡の総称。

*倭寇—中世に中国大陸の沿岸部（一部内陸も含む）や東アジア諸地域において海賊、私貿易、密貿易を行った商人のこと。

*十七八は再び候か……「十七八歳の娘盛りは二度とあるだろうか、ありはしない。枯れ木となったら花は咲くものだろうか、咲きはしない」という意味。

37 末の松山小波《ささらなみ》は越すとも、御身《おんみ》と我とは千代を経《ふ》るまで

――あの末の松山にさざ波が越えようとも、あなたと私は永遠の時間を共に過ごしたいものだよ。――

【出典】217・小歌

『古今和歌集』*の東歌*・一〇九三「君をおきてあだし心を我が持たば末の松山波も越えなむ」を踏まえた歌である。「末の松山」は陸奥《みちのく》*を代表する歌枕*で、現在の宮城県《みやぎけん》多賀城市にある。その山は海岸沿いに位置しているものの、けっして波が越えることはないとされ、変わらぬ愛情を誓う際に引き合いに出される山となっていた。したがって、『古今和歌集』東歌は「万一私があなたを差し措《お》いて、他の異性へ心惹かれるようなことがあったなら、あ

*古今和歌集――21歌参照。
*東歌――東国地方の歌。
*陸奥――磐城《いわき》・岩代・陸前・陸中・陸奥《むつ》の総称。
*歌枕――和歌に詠み込まれた諸国の名所。

の末の松山に波が越えてしまうことだろう」という意味になる。隆達節ではこの古歌を逆手にとって、たとえどんな小さな波が末の松山を越えることがあったとしても、二人はいつまでも一緒にいたいものだという願望が歌われている。意味の上からすると、『*春遊興《しゅんゆうきょう》』の「そなた百まで、わしゃ九十九まで、共に白髪の、生《は》ゆるまで」につながっていく歌として、歌謡史に位置付けることができる。

この歌の表現は隆達節にも収録され、今日国歌ともされる「君が代」の歌に近いものがある。詳しくは30番歌の解説を参照いただきたいが、「君が代」では「さざれ石の巌となりて」と、起こりえないことによって悠久の時間を表現する。この隆達節では大波ではなく「小波」が山を越すという通常ではありえない設定としており、そこに共通性がみられる。また、「小波《ささらなみ》」という単語が持つ音も「さざれ石」に近接している。

なお、この隆達節に類似する歌として、『宗安小歌集』の「末の松山波は越すとも、忘れ候まじ、忘れ候まじ」、武田祐吉旧蔵『*二八明題集』（現在は國學院大學所蔵）書き入れの小歌「末の松山波越すとも、御変はりあるな、命あらば千代を経ても、飽くまじや我が思ひ人」などがある。

*春遊興——夢庵大我《むあんたいが》著。明和四年（一七六七）刊。

*二八明題集——嘉暦《かりゃく》元年（一三二六）から貞和《じょうわ》五年（正平四年／一三四九）の間に成立したとされる類題歌集。

38

笑止や、うき世や、恨めしや、思ふ人には添ひもせで

【出典】219・小歌

困ったなあ、辛いなあ、恨めしいなあ、思いをかけるあの人と結ばれないなんて。

失恋を歌った印象的な小歌である。「笑止」「うき世」「恨めし」という不快な感情を表すことばを列挙して、恋が成就しない悲しみを歌う。「笑止」はたいへんなこと、困ったことなどを意味する形容動詞の語幹である。隆達節ではこの語を語幹のみで用いる用例が圧倒的に多い。「逢へば人知る、逢はねば肝が煎らるる、あ笑止やの（愛しいあの人と逢うと、他人に知られてしまう。かといって逢わなければ、私の心が切なく焦がれてしまう。何とも困ったことよ）」「夢にみえつ、

うつつに馴れつ、あ笑止と去らぬ面影や（あの人は夢の中に現れたり、実際に逢瀬《おうせ》を持ったりする。だから困ったことに、いつも面影が去るということがない）」などが確認できる。他の用例も含めて、いずれも恋歌に用いられ、恋愛中の鬱屈した心情を表現している。続く「うき世」は、隆達節に一四例の使用が確認できるキーワードとも言える名詞である。直接は無常の世（現世）を指すが、はかない人生そのものや辛い恋愛を意味することも多い。「恨めし」は不快感情を表す形容詞である。隆達節には「書き遣《や》る文《ふみ》をただ徒《いたづら》に、見もせで捨つる人は、なう恨めし（私がせっかく書いた手紙を読みもせずに捨ててしまうあの人は、何とも恨めしいことよ）」をはじめとし、全部で八例の使用が認められる。

この小歌の後半の「思ふ人には添ひもせで」は、『全浙兵制考』付録『日本風土記』の「山歌」にも記録された室町時代の著名な流行歌*「世の中は月に叢雲《むらくも》、花に風、思ふに別れ、思はぬに添ふ」の後半部分と類似した内容を歌う。

なお、添うことが叶わない恋愛を深い抒情をこめて歌う隆達節は、次の39歌に掲げた「添うたより添はぬ契《ちぎ》りはなほ深い、添はで添はでと思ふほどに」もあり、珠玉の歌謡群を形成している。

＊世の中は……「男女の仲は譬えて言えば、月には叢雲がかかり、桜花には風が吹き付けるようなもの。愛しく思う人とは別れが待ち受け、愛しくも思わない人と共に暮らすことよ」の意味。

39

添うたより添はぬ契りはなほ深い、添はで添はでと思ふほどに

【出典】226・小歌

あの人と結ばれることができたのより、結ばれなかった今の方がより深い恋の思いだと感じられる。何度も何度も結ばれなかったことを思い返しては、その都度切ない気持ちになるのだから。

相思相愛の関係で結ばれる恋よりも、連れ添うことのできない恋の思いの方が遥《はる》かに深い思いである。この小歌は連れ添うことのできない恋愛の深さを歌っている。恋愛相手の心が自分から離れてしまった嘆きを歌う和歌は、古来枚挙にいとまがないくらい数多く詠まれた。しかし、この小歌のように結ばれない恋をし、その恋に苦しむ自らの心を客観視して、深い抒情をこめて歌う例は皆無と言っても過言ではない。それまでの日本の詩歌史上ほとん

ど類例をみない抒情なのである。隆達節には「添うて退《の》く身はある慣《な》らひ、添はで思ふはなほ深い（相思相愛の間柄になった後に、別れてしまう恋はありきたりのものよ。結ばれずに恋し続ける方が、より深い恋の思いなのだ）」という類似する表現や内容を持つ小歌もある。成就しない恋愛の切なさを、心の深みとして歌うこれらの歌は「わび*」にも通じる究極の恋歌で、いわば恋愛の真髄に触れる内容の歌謡と言えるであろう。

隆達が生涯を送った堺の町は室町時代後期には日本最大の国際的な貿易港で、会合衆《かいごうしゅう》と呼ばれる有力商人たちによる自治が行われた文化都市であった。舶来の文明品が最初に入ってきた堺の町は、次第にわが国の文化の中心地となっていった。そこには堺文化圏とでも称するべき様々な文化が興《おこ》り、それらを担う多くの文化人が登場したのである。その中核に位置したのが茶の湯を担う茶人たちであった。千利休、津田宗達、津田宗及、今井宗久などの名はあまりにも有名であるが、彼ら以外にも茶の湯を嗜《たしな》んだ堺の町衆は数多く存在した。そのような茶の湯を享受した人々は連歌や書道などにも通じ、さらには音楽や芸能、隆達節をはじめとする様々な歌謡にも親しんだ。

隆達が出家して一時居住していた顕本寺*は、三好元長*・長慶*の親子やその

*わび―閑寂な情趣。

*顕本寺―現在の大阪府堺《さかい》市《し》堺区宿院町東にある法華宗の寺院。

*三好元長―文亀元年（一五〇一）～享禄五年（一五三二）。阿波の国人。

*長慶―大永二年（一五二二）～永禄七年（一五六四）。元長の長男。

一族郎党たちと深い関係があった。彼らは茶の湯の世界ともかかわりを持っていた。隆達自身も茶の湯に傾倒した親族を数多く持ち、歌本を贈った相手にも茶の湯に造詣《ぞうけい》が深かったと推定される人物が多数存在する。隆達の周囲には堺文化圏に所属して、茶の湯を嗜む人々が大勢いたのである。堺の茶の湯は「わび」の精神を重んじた「*侘《わ》び茶」と呼ばれるものであった。「侘び茶」は書院における豪華な茶の湯に対し、質素で閑寂な境地、すなわち「わび」の精神を旨《むね》とした。「わび」を標榜《ひょうぼう》した茶の湯の道を中核に据えた堺文化圏の精神は、確実に隆達にも受け継がれ、それが隆達節にも反映しているのである。

ところで、*山本常朝《つねとも》『*葉隠《はがくれ》』聞書第二の条には「恋の至極《しごく》は忍ぶ恋と見立て候。逢《(ひ)》いてからは恋の丈《たけ》低し、一生忍んで思い《(ひ)》死することこそ恋の本意なれ」という記述がある。意味するところは次のようである。「究極の恋とは胸に秘めた片思いの恋である。相思相愛の関係になってからはつまらない恋となってしまう。生涯片思いを続け、その恋の思いを胸に秘めたまま死んでしまうことこそが恋の本来あるべき姿である」というのである。「丈」とは和歌世界で用いられた*歌論用語のひとつで、品位や風格のことをいった。す

*侘び茶—茶の湯の一様式。村田珠光《じゅこう》が提唱し、それを継承した武野紹鷗《たけのじょうおう》によって堺の町衆に伝えられ、千利休《せんのりきゅう》が完成させた茶の湯。

*山本常朝—万治二年（一六五九）〜享保六年（一七二一）。佐賀鍋島藩士で、『葉隠』を口述した。

*葉隠—享保元年（一七一六）成立の武士の修養書。山本常朝の談話を田代陳基《つらもと》が筆録した書物。

*歌論用語—和歌に関する作法や評論を述べる際に用いられた専門的なことば。

なわち、「丈低し」とは品格が低いという意味になる。常朝は和歌世界にも通じており、道歌《どうか》に近いような処世訓を歌った和歌を数多く残している。『葉隠』のこの件《くだり》でも、掲出した一節に続けて「この歌の如《ごと》きものなり」として、「恋死なむ後の思ひにそれと知れ遂《つい》に洩《も》らさぬ中の思ひは」という例歌を掲げている。この和歌の意味は「恋い慕いながらそれを秘めたまま死んでいく。そんな私を焼く煙をみて、ずっと隠し続けてきた私の心中の深い恋の思いに気付いてほしい」となる。自分の胸の中を相手に打ち明けることもなく、相手のために尽くす行為を良しとする常朝の恋愛観が色濃く出ている。常朝は「陰の奉公」という陰徳行為を重んじたが、まさにそれに通じる恋愛観というべきであろう。常朝はさらにこの後、「これに同調の者「煙仲間」と申し候なり」と書き続ける。つまり、自分のこの考えに賛同する者を「煙仲間」と呼ぶというのだ。「煙仲間」とは恋の思いを秘めたまま相手に打ち明けることもなくひたすら献身的に尽くし、そのまま死んで煙となることを潔しとする者たちの集団ということになる。『次郎物語』で知られる作家下村湖人が常朝のこの思想に共感し、青少年育成事業の一環として「煙仲間」運動を提唱したことはよく知られている。

*道歌—教訓的な内容を盛り込んだ短歌形式の歌。

*陰徳行為—人に知られないように行う徳のある行為。

*下村湖人—明治一七年(一八八四)～昭和三〇年(一九五五)。作家・社会教育家。代表作に『次郎物語』『論語物語』などがある。

40

ただ遊べ、帰らぬ道は誰も同じ、柳は緑、花は紅《くれなゐ》

ただ夢中で遊ぶがよい。誰の人生にも戻り道はない。それは柳が緑色で花が紅色であるように自明のことよ。

【出典】240・小歌

この小歌の冒頭には、「ただ遊べ」という戦国の世の無常観と享楽的思想を端的に示す詞章が置かれている。人がその短い人生を遊び暮らすことは至極自然なことだというのである。「遊べ」はこの歌のキーワードであり、また生命と言ってもよい言葉であるが、自分の思うままに自由に、そして精一杯生きることを端的に表現した語である。一方、末尾の「柳は緑、花は紅」は室町時代以降に頻繁に用いられた慣用句で、あるがままの自然の姿を言う。

もともとは禅や茶の湯の世界で親しまれた成語「柳緑花紅」で、それを和語にやわらげた句である。柳に自然に具わっている本質的な色は緑色であり、また花本来の自然の色は紅色だという意味になる。柳や花は特別に飾り立てているわけではない。それぞれに与えられたごく自然の生を生きているに過ぎない。隆達や同時代の日本人が大切にした哲学は、あるがままの自分を生き切ることであった。

　この小歌のように冒頭に「ただ」と置く歌は、隆達節には他に「ただ置いて霜に打たせよ、咎《とが》はの夜更けて来たが憎いほどに（ただ外に置いたまま霜に当たらせなさい。あの人の過失は夜遅くになってからやって来たこと。それが憎らしいから）」、「ただそなたは伏籠《ふせご》の煙《けぶり》、名残惜しさに立ちかぬる（ただあなたは伏籠の煙のようなもの。名残惜しくて立ちかねるのだから）」の二例が確認できる。一方、『閑吟集』には七例を数え上げることができる。室町小歌の流行初期に好まれた表現であろう。

　なお、*団鬼六《だんおにろく》『怪老の鱗　奇人・変人交遊録』（光文社・二〇〇〇年）によれば、鬼六の父が隆達節のこの小歌の歌詞を好み、鬼六自身も父の影響を受けて室町小歌を愛したことが記されている。また、*『花は紅　団鬼六の世界』（幻冬舎・一九九九年）の書名は、この小歌から採用されたものということである。

*団鬼六―昭和六年（一九三一）～平成二三年（二〇一一）。本名は黒岩幸彦《ゆきひこ》。小説家、エッセイスト、脚本家、演出家。

*『花は紅　団鬼六の世界』―幻冬舎が鬼六の足跡をまとめて編集したノンフィクション。

41

誰《たれ》か作りし恋の路、いかなる人も踏み迷ふ

いったい誰が作ったのか、この恋の路というものを。どんな人でも必ず踏み迷ってしまう路であるよ。

【出典】250・小歌

我が国では古くから恋に落ちた時の盲目的な状況を、路に迷うことに譬えてきた。『*古今和歌集』には紀貫之詠の「我が恋は知らぬ山路にあらなくに惑ふ心ぞわびしかりける」（恋二・五九七）がみえる。「恋をする私は初めて踏み込んだ見ず知らずの山路を行くようなものだ。すっかり惑ってしまい、どうにも困ったことよ」という意味である。この和歌は初句を「我が恋は……」とする他の和歌と同様に、〝*三段なぞ〟的な発想による歌である。た

*古今和歌集―21歌参照。
*三段なぞ―〝なぞかけ〟とも呼ばれることば遊び。「○○とかけて、△△と解く。その心は□□」という形式のなぞである。15歌参照。
*千載和歌集―後白河院の院宣をうけ、文治四年（一一八八）

だし結びの「その心は……」の部分には〝しゃれ〟は効《き》いておらず、比喩的な結びとなっている。つまり、「我が恋」とかけて、「知らぬ山路」と解く。その心は「惑ふ心ぞわびしかりける」となる。「我が恋」と「知らぬ山路」はともに、どうしようもなく「心」が「惑ふ」もので、それは実に「わびし」いことなのだというのである。

　貫之以降も「恋路に惑ふ」という和歌は詠まれ続けた。*『千載和歌集』恋一・六七四・大宮前太政大臣（*藤原伊通）の「*またもなくただ一筋に君を思ふ恋路に惑ふ我やなになる」がその代表例である。

　貫之の時代から六〇〇年以上も後に流行した室町小歌は、この恋路の惑いを恰好《かっこう》のテーマとした。『閑吟集』には「*花の都の経緯《たてぬき》に、知らぬ道をも問へば迷はず、恋路など通ひ馴れても迷ふらん」という小歌が収録されている。また、『宗安小歌集』にも「*霧か霞か夕暮れか、知らぬ山路か、人の迷ふは」という歌がみえる。恋路の惑いは、日本人が詩歌の世界において長い歳月を通じて愛し続けた表現のひとつだったのである。

　なお、「惑ふ」という動詞は、後の時代には「迷ふ」と混同されて使用されるようになった。室町小歌が「迷ふ」とするのはそのためである。

に藤原俊成によって撰進された第七番目の勅撰和歌集。

*藤原伊通――寛治七年（一〇九三）～長寛三年（一一六五）。九条大相国、大宮大相国などとも称された。

*またもなく……――「この上なく、ただ一途にあなたのことを恋しく思う恋路に迷っている私は、いったいどうなってしまったのだろうか」の意味。

*花の都の経緯に……――「花のように美しい都に整備された数多くの縦横の道も、人に尋ねながら行けば迷うことはない。しかし、恋の路ばかりは何度経験しても、必ず迷ってしまうものよ」の意味。

*霧か霞か夕暮れか……――「霧だろうか。霞だろうか。それとも夕暮れであろうか。人が本当に迷ってしまうのは」の意味。

42

夏衣我は偏《ひとへ》に思へども、人の心の裏やあるらん

【出典】316・小歌

私の恋の思いはまるで夏衣のようだ。あの人のことを偏《ひとえ》（一途）に思っているにもかかわらず、あの人の心は単衣《ひとえ》ではなく、裏があるようだから。

私があの人に寄せた思いは一途な恋心であったのに、あの人の心には浮気心という裏があったのね、と嘆く切ない片思いの歌である。実はこの小歌もことば遊びの一種に属する〝三段なぞ〟の発想を基盤に置いている。しかし、この歌の場合は〝三段なぞ〟として説明するには、少し補足が必要である。つまり、「我（が恋）」とかけて「夏衣」と解く。その心は「偏《ひとへ》に思へども、人の心の裏やあるらん」となる。「夏衣」は単《ひとえ》（単衣・一重）の衣服で裏地がな

い。私の恋の思いは偏《ひとえ》で一途、それは全く裏のないまっすぐな思いなのに、あの人ときたら私と違って裏のある心、つまり浮気心を持っているようね、というのである。恋の相手の浮気心や不実を嘆く詩歌は古来枚挙にいとまがないが、それをことば遊びで仕立てたところにこの歌の面白さがある。

　この小歌は機知あふれる歌として多くの人々に知られていたようで、隆達没後間もなく成立した笑話集*『醒睡笑《せいすいしょう》』（寛永五年〈一六二八〉成立）巻之六「推《すい》は違うた」の中の一話に、*「夏衣ひとへに我は思へども人の心に裏やあるらん」として用いられている。近代に入ると、*菊池寛《きくちかん》が『首縊《くびくく》り上人《しょうにん》』（一九二二年）という作品を執筆した。その作品は『醒睡笑』の一話と*『沙石集《しゃせきしゅう》』巻四ノ五「臨終に執心を畏るべき事」をもとに創作されたもので、そのあらすじはおよそ次のようである。

　昔、光明院という寺に寂真上人《じゃくしんしょうにん》という僧侶がいた。その上人には忍んで通う稚児《ちご》がいた。ある年の四月末、時鳥《ほととぎす》が鳴く夕暮れ時に稚児を訪ねた。ところが、稚児は上人の顔をみるや、「夏衣」と言ったまま顔を伏せそのまま黙ってしまったのである。上人は仕方なくそのまま帰ろうとした。すると、稚児はあわてて上人を引き留め、「どうして何もおっしゃらずにお帰りなさるの

＊醒睡笑―安楽庵策伝《あんらくあんさくでん》著の笑話集。全八巻で一〇三九話を収録している。

＊夏衣ひとへに我は……―「夏衣のように、私はあの人のことを一途に恋しく思っているのに、あの人の心には裏があったのだ」の意味。

＊菊池寛―明治二一年（一八八八）～昭和二三年（一九四八）。小説家、劇作家。

＊沙石集―鎌倉時代中期の仏教説話集。無住道暁が編纂《へんさん》。弘安《こうあん》六年（一二八三）成立。

か、情けないことです」と恨み言を発した。それに対して上人は「情けないとは私が恨んで言う言葉ですよ。久しぶりに訪ねてきた私に「夏衣」とおっしゃるのは、きっと「止《とど》めても止《と》まらぬ春もあるものを云はぬに来たる夏衣かな（留《とど》まってほしいと思っても留めることができない春もあるというのに、何も言わずに勝手にやって来た夏の衣だよ）」（出典は『新古今和歌集』夏・一七六・素性法師）という和歌の心でしょう。ここまで私のことを疎《うと》んじなさる方のところに、どうして留まる必要があるでしょうか」と答えた。それを聞いた稚児はたいそう悲しみに暮れて、「まったく思いがけないことをおっしゃられるものですね。私の言った「夏衣」というのは「夏衣われは一重に思へども人の心に裏やあるらむ」（出典は隆達節、および『醒睡笑』）という歌の心で、上人様がしばらく訪れて下さらなかったことをお恨み申し上げたのです」と答えた。すると上人は一転して喜色満面となり、この稚児にいよいよ深い愛情をかけるようになった。

　この後、二人は仲睦まじく暮らす日々が続いたが、ある時稚児が急逝する。絶望して世をはかなんだ上人は、首を縊《くく》って往生することを決意し、周囲の人々に公言する。しかし、決行の日が近づくにつれて、上人は後悔し始める。そして、遂に迷いを断ち切ることができないまま、自死するに至るが、その時極楽往生の奇瑞《きずい》が現れ、上人は無事に往生を遂げることができたのであった。

以上が菊池寛『首縊り上人』のあらすじである。前半部分は、ほぼ『醒睡笑』巻之六「推は違うた」の一話に拠っている。菊池は小説の後半で上人の愛した稚児を急逝させ、それを悲嘆した上人が首を縊る決意をするという展開としたが、決意以降の話は『沙石集』巻四ノ五「臨終に執心を畏るべき事」に基づいている。話の要点は「夏衣」という引歌《ひきうた》の典拠が「止めても……」という古歌ではなく、「夏衣……」という歌であったことに集約される。

菊池が引用した「夏衣われは一重に思へども人の心に裏やあるらむ」という歌の第二句は「ひとへに我は」とする『醒睡笑』とは語順に異同があり、「我は偏《ひとへ》に」とする隆達節と一致している。菊池寛は自らの作品に用いたこの歌がたいへん気に入っていたようで、色紙に揮毫《きごう》して親しい人に贈ることがしばしばあったと伝えられている。なお、菊池が引用した素性法師詠は初句を「止めても」とするが、『新古今和歌集』は初句を「惜しめども」とする。また、『醒睡笑』でも初句を「惜しめども」とし、さらに第四句を「呼ばぬに来たる」としていて、ともに異同が認められる。

43

花がみたくは吉野《よしの》へおりやれの、吉野の花は今が盛りぢや

【出典】346・小歌

桜の花がみたいのならば吉野へお行きなさい。吉野の桜は今が満開だよ。

日本の詩歌史の上で春という季節の歌は桜を抜きにしては考えられない。大和国の吉野山《よしのやま》は古代から桜花の名所として知られていたが、室町小歌にも多く登場している。隆達節には他に「花を嵐の誘はぬ先に、いざおりやれ花をみ吉野へ」*「花は吉野、紅葉《もみぢ》は龍田《たつた》、あの初様に、あの初様に増す花はあらじ」*「梅は北野、花は吉野、松は住吉《すみよし》、人を待つには」*などがある。実に

*花を嵐の誘はぬ先に……「美しく咲く桜花を嵐が散らしてしまわないうちに、さあおいでなさい花をみに吉野山へ」の意味。

*花は吉野……「花の名所は吉野、紅葉の名所は龍田、あの初様に増して愛する女はいない」の意味。

吉野は桜の名所の代名詞であった。隆達節流行時代の初期に当たる文禄三年（一五九四）には、豊臣秀吉*が吉野で数日間の観桜会《かんおう》を開いた。その間に歌会や茶会、さらには能楽の上演も行われたことで、吉野の桜は人々の心に強い印象を残すこととなった。

吉野の桜を歌う隆達節のこの小歌には、当時の口語が効果的に使われている。「おりやれ」という動詞や「の」「ぢや」という終助詞がそれであるが、それらは親愛の情を込めて語りかける口吻《こうふん》を持つ言葉であった。隆達節に先立つ『宗安小歌集』にも「花がみたくは、み吉野へおりやれなう、吉野の花は今が盛りぢや」という歌が収録されている。隆達節との異同は「吉野」が美称の接頭語を伴う「み吉野」である点と、終助詞「の」を「なう」とする点のみである。このうち「なう」は「の」と同音の終助詞で、それを書き留める際の表記上の違いであることが、高木市之助や井出幸男*の研究によって確認されている。

これら室町小歌の歌詞は後代にも継承され、江戸時代の流行歌謡に類似した歌が多くみられる。『御船唄留《おふなうたどめ》』*の「花がみたくば吉野へござれ、今は吉野の花盛り、今は吉野の花盛り」などは、『宗安小歌集』や隆達節とほぼ同じ歌詞と言える。

＊梅は北野……――「梅の名所は北野、花の名所は吉野、松の名所は住吉、その松ではないが人を待つのは（何とも切ないことよ）」の意味。

＊豊臣秀吉――天文五年（一五三六）／一説に天文六年（一五三七））～慶長三年（一五九八）。木下藤吉郎《きのしたとうきちろう》、羽柴秀吉《はしばひでよし》とも称した。

＊高木市之助や井出幸男の研究――高木市之助「閑吟集から隆達小歌集へ」（新註国文叢書「月報」第一八号〈一九五一年九月〉）、井出幸男「『宗安小歌集』成立時期私見――〝水車の歌謡〟と〝助詞「なふ」と「の」〟の変遷――」（『国文学研究』第七七集〈一九八二年六月〉）

＊御船唄留――成立年未詳。幕府が官船を新造して進水する際、また将軍が乗船する際に御船手が歌った船唄の歌集。

44

花よ月よと暮らせただ、ほどはないものうき世は

桜の花が咲いた、月が美しいと言って楽しく遊び暮らすがいいよ。どうせ人生なんてはかないものなのだから。

【出典】352・小歌

花や月の美しさを十分に味わって、この短い人生を過ごすがよいという歌である。また、花や月はその人が価値を置くもの、大切に思うものを指す代名詞でもある。芸術であったり、学問であったり、家族であったり、恋人であったりする。そのような生き甲斐《いがい》を一途に追求して、短い人生を送ることの価値や素晴らしさを歌っているのである。この歌の「暮らせただ」は隆達節の代表歌「ただ遊べ、帰らぬ道は誰も同じ、柳は緑、花は紅」の「ただ遊

*ただ遊べ…――40歌参照。

べ」や、「*泣いても笑うても行くものを、月よ花よと遊べただ」の「遊べただ」と同じ感慨であろう。隆達がこのような一見享楽的とも思える人生観を歌う時、その背景には必ず人の世の無常、はかなさへの感慨がある。後半の歌詞「ほどはないものうき世は」がそれを端的に示している。隆達節のなかでもよく知られた一首「*あら何ともなの、うき世やの」という歌にも無常というこの世の定めから逃れられない人間の哀しみが歌われていたが、これらの歌は隆達節の基調音をなしている。

隆達の四〇〇年忌に当たる二〇一一年のNHK大河ドラマは「江―姫たちの戦国―」であった。その第一〇話として放送されたのは、*北《きた》ノ庄城《しょうじょう》落城の場面であった。天正一一年（一五八三）、*柴田勝家《しばたかついえ》は*賤ヶ岳《しずがたけ》で*羽柴秀吉軍の攻撃に耐えかねて敗走し、自らの居城であった越前《えちぜん》国北ノ庄城に戻る。勝家はその北ノ庄城が秀吉《ひでよし》軍に包囲されると、妻お市の方とともに自刃《じじん》して果てる。ドラマのその回の眼目は、勝家が落城の前夜に配下の武士たちを集めて生涯最後の宴《うたげ》を開く場面であった。筆者はその宴席で歌う流行歌謡の選定を依頼され、迷わずこの小歌を選んだ。勝家とお市の方の最期《さいご》を飾るにふさわしい華やかで、しかも切ない歌と考えたからであった。

＊泣いても笑うても……―「人生は泣いても笑っても同じように過ぎ去ってしまうものよ。どうせなら花や月を十分に楽しんで生きるがよい」の意味。

＊あら何ともなの……―13歌参照。

＊北ノ庄城―安土桃山時代に現在の福井県福井市にあった平城《ひらじろ》。天正一一年（一五八三）四月二四日に落城。

＊柴田勝家―大永二年（一五二二）～天正一一年（一五八三）。安土桃山時代の武将で、織田信長の家臣。妻お市の方は信長の妹。

＊賤ヶ岳―琵琶湖《びわこ》北岸にある山。現在の長浜市に位置する。天正一一（一五八三）四月二一日に柴田勝家と羽柴秀吉の間で戦いがあった。

＊羽柴秀吉―豊臣秀吉のこと。43歌参照。

45

人と契らば薄く契りて末遂げよ、紅葉葉《もみぢば》をみよ、濃きは散るもの

【出典】363・小歌

恋をするならば薄い関係を続けて最期まで添い遂げなさい。紅葉の葉をみなさい。初めから濃い葉は早くに散ってしまうものなのだから。

46

人と契らば濃く契れ、薄き紅葉も散れば散るもの

【出典】364・小歌

恋をするならば熱烈に愛し合うのがよい。色の薄い紅葉であっても、いつかは必ず散ってしまうものなのだから。

諺《ことわざ》には「下手《へた》の横好き」と「好きこそものの上手《じょうず》なれ」、また「善は急げ」と「急がば回れ」のように一見相反するようで、逆もまた真《しん》なりという組み合わせが何組かある。隆達節の恋歌の中にも同様の組み合わせとみるべき歌が残されている。ここに掲出した二首はその例であるが、うち前者の三六三番歌は関係が薄くても長く続く契りをよしとする。

ところで、隆達節をはじめとする当時の流行歌謡を積極的に摂取したのが、*阿国歌舞伎踊歌であった。阿国歌舞伎の踊歌を書き記した*『阿国歌舞伎草紙』に「世の中の人と契らば、薄く契りて末まで遂げよ、紅葉葉をみよ、薄いが散るか、濃きぞ先づ散る、散りての後は問はず問はれず、互いに心の隔たりぬれば、思ふに別れ、思はぬに添ふ、情けは大事のものかの（恋愛関係を結ぶのなら、薄い関係でも最期まで続くのがよい。紅葉の葉をみなさい。色の薄い葉から散るだろうか。いや色の濃い葉がまず先に散るのだ。散ってしまった後は、何の関係もなくなってしまう。おたがいに心が離れてしまうので、俗に言う「愛しく思う人とは別れ、それほど愛しく思わない人と連れ添う」ということになってしまうのだ。それにつけても愛情というものは大切なものだ）」とみえる。阿国歌舞伎踊歌は隆達節の担《にな》い手《て》であった高三《たかさぶ》隆達の晩年には既に行われていた。

＊阿国歌舞伎―06歌参照。

＊阿国歌舞伎草紙―大和文華館蔵。阿国歌舞伎の踊歌を絵物語として描く。

また、隆達没後間もなく刊行された仮名草子*『竹斎《ちくさい》』*（寛永整版本）にも、「さても今思ひ当たりて候。世の中のはやり歌に「人と契らば薄く契りて末まで遂げよ、紅葉葉《もみぢば》をみよ、薄いが散るか、濃きぞ先づ散るもので候」とありと言ひければ……」と小異の歌詞でみえる。さらに後代の継承例として、享保一三年（一七二八）成立の中井*甃庵《しゅうあん》の随筆『不問語《とはずがたり》』*に「うすひき歌のよろしきは」とあって「人と契らば薄く契りて末まで遂げよ、紅葉葉《もみぢば》をみよ、薄いが散るか、濃きぞ先づ散るもので候」の歌詞が異同なく掲出されている。ここで言う「うすひき歌」とは労作歌ではなく、教訓歌謡のことを指している。甃庵はどのような経緯によって、自らの随筆のなかに「うすひき歌」を収録したのかは不明である。しかし、歌詞だけから推測すれば、『竹斎』そのものに拠ったか、もしくは『竹斎』にも記された古い流行歌謡が何らかの形で後代まで伝承されていて、それを典拠にしたかのいずれかであろう。いずれにしても江戸時代の前期まではかなりの人口に膾炙した歌謡であったものと推測される。

さらに、幕末に流行した江戸小唄*に、「人と契るなら」という一曲があるが、その歌詞は隆達節の三六三番歌の末尾に「そじゃないか」を追加しただけで、

*仮名草子―30歌参照。

*竹斎―元和九年（一六二三）頃に成立し、翌寛永元年（一六二四）頃に刊行された仮名草子。富山道治《とみやまどうや》作。

*中井甃庵―元禄六年（一六九三）〜宝暦八年（一七五八）。江戸時代中期の儒学者。

*不問語―享保一三年（一七二八）自序。寛政三年（一七九一）。

*江戸小唄―端唄《はうた》から派生した俗謡。平坦《へいたん》に歌う端唄に対し、小唄は技巧的に歌うことを旨とする。

そのまま転用された。近代に入ると、この歌を知った菊池寛がたいそう気に入り、しばしばこの歌を色紙に揮毫したことが知られている。隆達節の流行時代から三〇〇年の時を隔て、その歌詞の機知が愛され続けたのである。

一方の三六四番歌は前の三六三番歌とは逆に、期間は短くても熱烈な濃い契りの方がよいと歌う。前の歌がどちらかと言えば、理詰めで冷静な内容の歌詞であるのに対し、三六四番歌は室町小歌でしばしば歌われる短い人生を太くたくましく生きることを勧める歌謡群と同じ趣向をみせる。

この二首はまるで漫才のボケとツッコミのような関係にある。浅くとも長く続く恋愛がよいか、短くとも深い付き合いがよいのかは判断に迷うところで、相反する恋愛の真実をついている。この二首を並べると、恋する者の心の葛藤を映し出しているかのようにも思える。また、人生の岐路における選択肢のようにも思えてならない。

今東光*『お吟さま』（昭和三二年・淡交社）では、河内国出身のお付きの女が故郷河内国で夏の夜に歌われる歌をお吟さまにお聞かせする場面が描かれている。その歌は「人と契らば浅くちぎりて末とげよ、もみじ葉をみよ、濃きがまず散るものに候」というものであった。

＊今東光―明治三一年（一八九八）〜昭和五二年（一九七七）。天台宗僧侶、小説家で、参議院議員も務めた。

47

独り寝も好《よ》やの、暁の別れ思へばの

嫌だと思っていた独り寝もいいものだなあ。夜明け方に必ず味わうことになる後朝《きぬぎぬ》の別れの辛さを考えればね。

【出典】388・小歌

48

独り寝は嫌《いや》よ、暁の別れありとも

独り寝はやはり嫌だなあ。夜明け方の別れの辛さがあったとしても。

【出典】387・小歌

前項の「人と契らば……」の二首と同様に、正反対の内容を歌いながら、逆もまた真なりというべきもう一組の対の小歌を掲出した。恋愛のさなかにある人の揺れ動く微妙な心理が活写された二首である。前項で挙げた二首とともに、人生の機微を穿《うが》った歌として、隆達節のなかでもとりわけ愛唱された歌であった。『宗安小歌集』には、隆達節三八八番歌とほぼ同じ歌詞を持つ「独り寝も好や、暁の別れ思へば」という小歌のみが収録されているが、隆達節ではその逆を歌う「独り寝は嫌よ……」も新たに加えられた。本来、独り寝は恋をしている人にとっては辛く避けたいものである。したがって独り寝は嫌なものだと歌うのが通常である。しかし、詩歌の抒情という面から言えば、それはありきたりのもので、あえて歌う必要もないものであった。したがって、「独り寝は嫌よ、暁の別れありとも」という詞章が歌として成り立つためには、その反対を歌う「独り寝も好やの、暁の別れ思へばの」が流行していることが前提にあればこそなのである。つまり、『宗安小歌集』や掲出した隆達節の三八八番歌が、恋する者の切ない心情をうがった抒情歌として最初に成立し、その後に三八七番歌が登場してくるのである。実際に隆達節の歌本をもとに、配列を調査をしてみると、二首を収録するすべての歌本において、まず三八八番歌が置かれ、続いて三八七番歌が記載されていることが確認できる。歌本を手元に置いて実際に隆達節を歌う際には、抒情内容をもとにした順番が決まっていたことが確認できるのである。なお、ここで歌番号が三八八番歌と三八七番歌と逆になっているのは、歌詞を便宜的に五十音順に並べ、歌番号を付したためであることをお断りしておく。

新間進一は『鑑賞日本古典文学　歌謡Ⅱ』（角川書店・一九七七年）所収「隆達節歌謡」のなかで、この二首について「ほんのわずかの字句の違いが、歌意をまったく別の方向に持ってゆく」と評している。この指摘は古く小野小町伝説のひとつ能※『鸚鵡小町』を想起させる。新大納言行家が陽成院の勅命により関寺辺に住む小野小町のもとを訪れ、院の贈歌「雲の上はありし昔に変はらねどみし玉簾《たまだれ》の内やゆかしき（宮中はあなたが知っている昔と少しも変わらないが、かつてみたその様子を知りたくないか）」を伝えた。すると小町は「ぞ」一字を返歌とすると答えた。それは院の歌の第五句「内やゆかしき」の「や」を「ぞ」に替えただけの歌を返歌としたことを意味している。つまり、陽成院に対し、「そのご様子を知りたいと思います」と返歌したのである。わずか係助詞一字の差し替えによって、問いが答えに変わるという究極の〝鸚鵡返し〟であ

＊能『鸚鵡小町』——三番目物。作者不詳。

る。この趣向は歌謡においても用いられ、源資賢が「信濃にあんなる木曽路河」という伝聞表現を「信濃にありし木曽路河」と、実体験として歌い替えた今様の例がある。また、『宗安小歌集』にも「思うたを思うたが思うたかの、思はぬを思うたが思うたよの（自分に好意を寄せてくれる人を愛しく思うのが本当の恋だろうか、自分をまったく顧みてくれない人を愛しく思うのが本当の恋の思いというべきだ）」という前半と後半を対比した室町小歌もみられる。先の新間の指摘はまさに的を射ており、そこにこそ一組の対の歌謡が存在する意義もあった。

「独り寝」は恋歌に多い主題であるが、冒頭に「独り寝」という表現を置いて歌い出す室町小歌も類型をなすほどに多い。『閑吟集』の「独り寝しもの憂やな、二人寝寝初めて憂やな独り寝（昔は一人で寝ていたのに、辛いことだなあ。二人寝になれてしまうと、やはり独り寝は辛いことよ）」「独り寝はするとも、嘘な人は嫌よ、心は尽くいて詮なやなう、世の中の嘘が去ねかし、嘘が（たとえ独り寝をしたとしても嘘つきな男と付き合うのは嫌だよ。私が誠意を尽くしても甲斐《かい》がないもの。男女の間柄から嘘というものがなくなってしまえばいいのに。嘘というものが）」、『宗安小歌集』の「独り寝に鳴き候よ、千鳥も（独り寝が辛くて鳴くのだな、千鳥も）」などを挙げることができる。

49

比翼連理《ひよくれんり》の語らひも、心変はれば水に降る雪

比翼連理の仲睦《むつ》まじい語らいも、心変わりをすれば、まるで水に降る雪のようにはかないものだ。

【出典】391・小歌

『長恨歌』*のなかの句として有名な「比翼連理《ひよくれんり》」をそのまま使って、仲睦まじい相思相愛の男女関係を描く。類似する歌として『宗安小歌集』の「天に棲《す》まば比翼の鳥とならん、地に在らば連理の枝とならん、味気なや（天に住めば羽を並べた鳥となり、地にあっては同じ木に連なる枝となろうというが、私の恋は何ともやるせないものよ）」という小歌が挙げられる。

後半の「心変はれば水に降る雪」という表現はきわめて映像的で秀逸な比

＊長恨歌――唐の詩人白居易によって、八〇六年に作られた一二〇句からなる古詩。

＊金葉和歌集――第五番目の勅撰和歌集。全一〇巻。

喩と言える。どんなに深い間柄の男女でも心変わりをしてしまえば、水の上に降る雪のようにあっけなく消えてしまい、何も残らないというのである。

「水に降る雪」の比喩は、隆達節以前の『閑吟集』に「水に降る雪、白うは言はじ、消え消ゆるとも（私の恋の思いは水の上に降る雪のようなもの。告白はしない。たとえそれが積もることなく空しく消えてしまったとしても）」があり、『宗安小歌集』にもほぼ同じ歌詞の小歌が収録されている。隆達節を含む室町小歌には現代人も舌を巻くような比喩が多くみられるのである。ただし、この表現の淵源《えんげん》を探っていくと、*『金葉和歌集』恋下・四五二・*藤原成通の*「水の面《おも》に降る白雪のかたもなく消えやしなまし人の辛さに」という和歌にまで至る。また、主題や表現をもとに、類似する和歌を挙げてみると、古く『古今和歌集』巻一一・恋一・五二二・題知らず・詠み人知らずの和歌*「行く水に数書くよりもはかなきは思はぬ人を思ふなりけり」が想起される。ともに水辺の映像を伴う比喩的な表現によって、心変わりの後には何も残らない空しさを歌う。心が離れた後の恋の空しさが、映像として我々の前に提示されているのである。

この小歌の継承歌謡としては*『おどり』所収「かきつばた」の一節*「なにはのことも水に降る雪、浮世は夢よただ遊べ」が挙げられる。

*藤原成通―承徳元年（一〇九七）～応保《おうほう》二年（一一六二）。平安時代後期の公卿。

*水の面に……―「水面に降る白雪が跡形もなく消えてしまうように、私も消えてしまいたいものだ。あなたが私に冷淡なので」の意味。

*行く水に……―「流れ行く水の上に、指で数を書くよりもはかないことは、自分のことを恋しく思ってくれない人を、こちらは恋しく思うことだ」の意味。『伊勢物語』にも収録される。

*おどり―天理図書館所蔵『国籍類書』のうちの一冊で、女歌舞伎踊歌の歌謡集とされている。

*なにはのことも水に降る雪……―「何事も水の上に降る雪のようなものよ。人生は夢のようにはかないものよ。ただ遊ぶがよい」の意味。

50

世の中は霰《あられ》よの、笹の葉の上のさらさらさつと降るよの

【出典】501・小歌

現世はまるで霰のようなもの。霰が笹の葉の上を、さらさらさっとあっけなく降り落ちてしまうように、瞬く間に過ぎ去ってしまうものだなあ。

「世の中」とは現世そのものを指す言葉である。したがって、この歌はまるで滑りやすい笹の葉の上を霰があっけなく降りこぼれるような人生の無常を観じた歌だと言える。しかし、同時に「世の中」は男女の仲を指す語でもあった。その場合、人の心の無常を嘆く意味を持った歌となる。いずれにしても、この世での人の営みのはかなさを比喩的に描いている歌なのである。

隆達節のこの歌の類歌としては『閑吟集』に「世間《よのなか》（世の中）は霰よなう、

笹の葉の上《へ》のさらさらさつと降るよなう」、また『宗安小歌集』に「世の中は霰よの、笹の葉の上《へ》のさらさらさつと降るよの」が確認できるので、中世の人々に長く愛唱された歌であったと考えてよい。すなわち、『閑吟集』成立の永正一五年（一五一八）以前には既に流行していた小歌であったことになり、隆達節の流行時期の文禄・慶長年間（一五九二〜一六一五）まで約一〇〇年間も歌われ続けたのである。

この歌は冒頭に「世の中は」と置いて、それを「霰よの」と比喩的に言い換えている。そして両者の共通する点を「笹の葉の上のさらさらさつと降るよの」と説明する。これは古く初句に「我が恋は」や「我が袖は」と置いて詠じた和歌の伝統を継承するもので、日本語のことば遊びの一種である〝三段なぞ〟、いわゆる〝なぞかけ〟に相当する形式の歌である。室町小歌の中にこの形式の歌は多くみられる。ここに挙げた隆達節は『閑吟集』成立前から愛唱され続けた歌であるが、『閑吟集』には他にも「*世間《よのなか》（世の中）はちろりに過ぐる、ちろりちろり」と冒頭に「世の中は」と置く歌がある。この歌は「ちろり」という一瞬の瞬《またた》きを表す*擬態語を巧みに用いて、「男女の仲」「人生」のはかなさを歌った名歌として現代人の心にも共鳴するものがある。

*世間はちろりに過ぐる……「世の中はちろり、ちろりと、瞬く間に過ぎ去って終わってしまうものよ」の意味。

*擬態語――ものごとの状態を感覚や印象によって、それらしく表した語。

歌人略伝

隆達節を歌い流行させたのは高三隆達《たかさぶりゅうたつ》という名の人物であった。隆達は大永七年（一五二七）に堺の町衆として生を享けた。生家の高三家は堺で薬種を営む商家であった。堺の町衆による自治組織の会合衆《かいごうしゅう》一〇人の中に、千利休《せんのりきゅう》、今井宗久《いまいそうきゅう》、津田宗及《つだそうぎゅう》などとともに隆達の親族とされる高三隆世《りゅうせい》という人物も含まれていた。彼らはいずれも商人であり、一流の文化人であった。そんな高三家の一族に連なる隆達は、千利休より五歳年少で、慶長一六年（一六一一）に享年八五歳で亡くなったという。すなわち、足利政権末期の戦国時代から信長・秀吉の時代を経て、江戸時代初期までを生きた人だったことがわかる。また、衣《きぬ》笠一閑《がさいっかん》『堺鑑《さかいかがみ》』（天和三年〈一六八三〉成立）には、隆達が元日蓮（法華）宗の僧で、堺の顕本寺内で住持を務めていたこと、後に還俗して高三家に戻り薬種商となったこと、長年の間小歌を歌い続けて「隆達流」と呼ばれる一流派を興したことが記されている。大正年間に隆達の伝記を詳細に調査した宇田川文海によれば、隆達は高三隆喜の末子として誕生し、若くして高三家の菩提寺顕本寺に入った。兄隆徳が先祖代々の薬種商を継いだが、若くして亡くなったため、兄の嫡子道徳に家督が相続された。そこで、隆達は甥に当たる若年の道徳を後見するため高三家に戻り、家業を支えたという。隆達は生来の美声の持ち主で、室町小歌の歌詞に独特の節付けを施した隆達節は一世を風靡した。また、隆達は同時代の様々な階層の人々と交流を持ったようで、今日現存している隆達節の歌本には、興意法親王、豊臣秀頼、茶屋又四郎などといった当時を代表する著名人や、尾張地方の武士を宛名とする奥付が残されている。

略年譜

年号	西暦	年齢	事跡
永正一五年	一五一八		『閑吟集』成立。
大永　二年	一五二二		千利休が堺で誕生。三好長慶が阿波国で誕生。
大永　七年	一五二七	1	高三隆達が堺で誕生。
享禄　五年	一五三二	6	三好元長が堺の顕本寺で自害（享年三二歳）。
天文　三年	一五三四	8	織田信長が尾張国で誕生。
天文　六年	一五三七	11	羽柴秀吉が尾張国で誕生（天文五年誕生説もあり）。
天文一一年	一五四二	16	徳川家康が三河国で誕生。
弘治　二年	一五五六	30	三好長慶が父元長の二十五回忌千部経供養を顕本寺で営む。
永禄　七年	一五六四	38	三好長慶が飯盛山城で病死（享年四三歳）。
元亀　四年	一五七三	47	織田信長が室町幕府を滅亡に追い込む。
天正一〇年	一五八二	56	織田信長が本能寺の変にて自害（享年四九歳）。
天正一九年	一五九一	65	千利休、京都で切腹（享年七〇歳）。

文禄　元年　一五九二　66　この頃までに『宗安《そうあん》小歌集《こうたしゅう》』成立か。この頃から隆達節の流行が始まるか。

文禄　二年　一五九三　67　この年、宗丸・江川甚左衛門・田嶋与一左衛門らに歌本を贈る。

文禄　三年　一五九四　68　この年、奥九右に歌本を贈る。

慶長　二年　一五九七　71　この年、九野長兵衛に歌本を贈る。

慶長　三年　一五九八　72　羽柴秀吉が伏見にて死去（享年六二歳）。

慶長　四年　一五九九　73　この年、豊臣秀頼・すみ屋道於らに歌本を贈る。

慶長　五年　一六〇〇　74　この年、小笠原三九郎に歌本を贈る。関ヶ原の戦で、徳川方の東軍が勝利。

慶長　七年　一六〇二　76　この年、下野九兵衛に歌本を贈る。

慶長　八年　一六〇三　77　徳川家康が江戸に幕府を開府し、征夷大将軍となる。

慶長　九年　一六〇四　78　『美楊君《びようくん》歌集《かしゅう》』成立。

慶長一〇年　一六〇五　79　この年、茶屋又四郎に歌本を贈る。徳川秀忠が二代将軍となる。

慶長一二年　一六〇七　81　隆達が歌本を贈った小笠原三九郎（尾張清須藩主松平忠吉の家臣）が殉死する。

慶長一六年　一六一一　85　高三隆達が堺で死去（享年八五歳）。

元和　二年　一六一六　　徳川家康が駿府にて死去（享年七五歳）。

解説　「隆達節―戦国人の青春のメロディー」

――小野恭靖

和泉国堺の高三隆達が節付けして歌った隆達節は、戦国時代から江戸時代初期までの一世を風靡した流行歌謡であった。戦国の世を生きた人々の人生とともにあった大切な心のメロディーだったと言うことができる。隆達節は歌詞を室町小歌から継承している例が多いが、その淵源をさかのぼれば、永正一五年（一五一八）の『閑吟集』にたどり着く。隆達節にはその『閑吟集』所収歌とまったく同じ歌詞の歌や、一部分が異なるだけのほぼ同一歌詞の歌が多数確認できる。隆達節が流行のピークにあったのは文禄・慶長年間（一五九二〜一六一五）であったから、『閑吟集』は実に一世紀近くも前の集成となる。つまり、室町小歌の歌詞は一世紀にもわたって人々の心を捉え続けたと言えるであろう。また、隆達節とほぼ同時代の成立と考えられる室町小歌集に『宗安小歌集《そうあんこうたしゅう》』『美楊君歌集《びようくんかしゅう》』があり、隆達節はこれらの歌集に収録された小歌とも歌詞の上で密接な関連を持っている。

隆達節には小歌と呼ばれる歌謡と、それより古い来歴を持つ草歌《そうが》という二種類の歌謡がある。草歌は〝早歌〟の同音の当て字と考えられる。早歌は鎌倉時代後期から室町時代前期にかけて流行した長編の歌謡の名称として有名であるが、隆達節の草歌にそれと重なる歌詞の歌はみられない。しかし、『閑吟集』には鎌倉時代の早歌の詞章の一部を歌詞とする早歌の肩書を持つ歌謡が収録されているので、室町小歌の中に前時代の早歌が受け継がれていたことが確認できる。隆達節の草歌は『閑吟集』の早歌とは異なる歌詞であるものの、その曲節を継承していたことが想定される。実際に隆達節の草歌を歌詞の上から検討すると、その大半は隆達が誕生した頃に流行していた古い室町小歌の歌詞を継承していることがわかる。一方、隆達節の小歌は後の新作である。

室町小歌の歌詞が扱うテーマは恋愛が圧倒的多数を占めている。隆達節の歌詞も同様の傾向を持っている。今日明らかになっている隆達節の歌詞は全部で五二〇首余りを数えるが、そのうち恋歌は実に七割以上を占めている。しかし、この傾向は流行歌謡としては当然のことであろう。流行歌謡に恋歌が多いのはいつの時代にあっても同じで、現代においても何ら変わりがない。なお、前述のように隆達節には草歌と小歌の二種類の異なる節付けの歌謡が併存している。そのうち全体の二二パーセントを占め、古い時代の曲節と歌詞を留めるとされる草歌には、和歌と同様の春、夏、秋、冬、恋、雑の部立が存在する。ちなみに草歌は現在一一九首が確認できるが、その内訳は春が一一首、夏が六首、秋が一五首、冬が五首、恋が七一首、雑が一一首である。すなわち恋歌は約六割を占めることになる。この傾向は部立のない小歌においてはさらに顕著で、恋歌が八割に迫る数に上る。なお、草歌は先行する室町小歌の集成『閑吟集』や『宗安小歌集』と重なる歌詞の歌も多くみられる。ちなみに、『宗安小歌集』は成立こそ隆達節と同時代であるものの、収録歌謡は隆達節より一時代古いものと考えられている。

恋歌を分類すれば、片思いや独り寝の歌、相思相愛の歌、失恋の歌などに分類される。まず片思いや独り寝の歌としては、本書にも取り上げた「嫌とおしやるも頼みあり、青柳よりも雪折れの松」「雨の降る夜の独り寝は、いづれ雨とも涙とも」などの小歌がある。また相思相愛の歌には「帰る姿を見んと思へば、霧がの、朝霧が」「末の松山小波《さざらなみ》は越すとも、御《おん》身《み》と我とは千代を経《ふ》るまで」などが挙げられる。なお、「帰る姿を……」の歌は後朝《きぬぎぬ》の場面の歌である。失恋の歌としては「笑止や、うき世や、恨めしや、思ふ人には添ひもせで」「比翼連理の語らひも、心変はれば水に降る雪」などがある。

隆達節の歌詞にみられる恋愛以外のテーマで、特徴的なものは無常観と人生観、さらには人間観である。例えば「あら何ともなの、うき世やの」「世の中は霰《あられ》よの、笹の葉の上のさらさらさつと降るよの」などは人の世の無常、言い換えれば人生のはかなさをテーマとする。そんな無常の身を生き抜く人生観は「後生を願ひ、うき世も召され、朝顔の花の露より徒《あだ》な身を」「ただ遊べ、帰らぬ道は誰も同じ、柳は緑、花は紅《くれなゐ》」「花よ月よと暮らせただ、ほどはないものうき世は」などの歌詞が示しているであろう。また、「梅は匂《にほ》ひ、花は紅《くれなゐ》、柳は緑、人は心」はすぐれた人間観と言えよう。いずれの歌も隆達節の真骨頂と呼べる歌詞である。

隆達節にはことば遊びを趣向とする歌詞も散見する。「三草山《みくさやま》より出づる柴人、荷負ひ来ぬればこれも薫物《たきもの》」「君と我、南東《みなみひがし》の相傘で、逢はで浮き名の立つ身よの」「夏衣我は偏《ひとへ》に思へども、人の心の裏やあるらん」など、隆達節の歌詞世界の面白さを余すところなく伝える例もある。

隆達節の歌詞のうちの一部には安土桃山時代から江戸時代初期の近世的な新感覚による語がみられる。「異なもの」「わざくれ」「あたた」などがそれに当たる。また、心の中のつぶやきをそのまま歌詞にしたような独白調の歌や、相手に向かって訴えかける科白調の歌も散見する。これらは『閑吟集』以来の室町小歌の歌詞の特徴を継承したものである。具体例としては「色々の草の名は多けれど、何ぞ忘れ草はの」「思ひ出すとは忘るるか、思ひ出さずや、忘れねば」「誰《たれ》に馴《な》る誰に馴ると我に聞かすな、聞けば腹龍田山、顔に紅葉の散るに」などがる。

隆達節の歌詞の音数律、つまり仮名で表記した際の文字数は和歌や俳諧の発句のような特定の音数律に集約されるわけではない。全体としては和歌の五・七・五・七・七、合計三一音の音数律よりも短い七・五・七・五の音数律の歌謡が多くみられる。それ以外にも七・七・七・七や七・七・七・五などの音数律がある。

隆達節の伴奏楽器には一節切《ひとよぎり》と呼ばれる小型の尺八が用いられた。それは管に用いる竹の節が一つだけの短い尺八の名称である。隆達節はまた、扇拍子《おうぎびょうし》に合わせて歌われることも多かったようである。扇拍子とは扇を打ち鳴らして取る拍子のことを指す。さらに隆達節が流行する直前の時代には三味線も渡来した。隆達本人が三味線を使ったかどうかは不明であるが、隆達節が三味線を伴奏として歌われたこともあり、それを反映した近世小唄調（七〈三・四〉／七〈四・三〉／七〈三・四〉／五）の音数律を持つ歌謡も残されている。三味線はその後、江戸時代の歌謡の中核的な伴奏楽器となっていく。その三味線を最初に伴奏として用いた歌謡が他ならぬ隆達節ということで、江戸時代の人々にとって隆達節は近代最初の流行歌謡、また隆達は近代最初の芸能者として永く喧伝された。その結果、江戸時代を通じて隆達節の名声は高く、重要な歌謡として人々に認識され続けることとなった。

隆達節に草歌と小歌の二種類の異なる節付けの歌謡があることについては前述したが、隆達節の最大の特徴はそれまでの作曲者不詳の室町小歌と異なり、隆達という節回しの達人が確立した個性的で特別な歌謡であったことが挙げられる。つまり、隆達節は歌詞については前時代からのものを踏襲しつつ、曲節上は後代の歌謡を切り開く先進性を持っていたと考えられるのである。もっとも隆達節の一部には歌詞の上からも際立った独創性と高い抒情性が認められる歌もある。実に、隆達節は日本歌謡史上に屹立する存在と言ってよいのである。

読書案内

『日本の歌謡』　真鍋昌弘・宮岡薫・永池健二・小野恭靖　双文社出版　一九九五
上代（奈良時代）から近代（明治。大正時代）までの日本の歌謡史をたどり、それぞれの時代を代表する歌謡の本文を脚注付きで示した入門書。隆達節については中世の「小歌」の項の中で小野恭靖が執筆している。

『歌謡文学を学ぶ人のために』　小野恭靖ほか　世界思想社　一九九九
日本歌謡史をたどり、「記紀歌謡」から「近世民謡・近世童謡」に至る一四種類の歌謡群を概説、研究史、研究展望、キーワードと解説、主要作品鑑賞の各項目にしたがって説明した入門書。隆達節については「室町小歌」の項の中で小野恭靖が執筆している。

○

『近世歌謡集』（日本古典全書）　笹野堅　朝日新聞社　一九五六
「隆達節小歌集成」と銘打ち、隆達節の多くの歌本から歌謡を集成し、合計五〇九首に頭注をつけて掲載した画期的な書物。小野恭靖『「隆達節歌謡」の基礎的研究』刊行までの間、隆達節の本文を読んだり、引用したりする際に必ず用いられた。

『歌謡』（日本庶民文化史料集成）　北川忠彦・浅野建二・真鍋昌弘　三一書房　一九七三
北川忠彦が「隆達節歌謡集成」と銘打ち、当時知られていた隆達節のすべての歌本の歌詞を翻刻集成したもの。本書の刊行によって、各歌がどの歌本のどの位置に配列されているのかが確認できるようになった。

『「隆達節歌謡」全歌集　本文と総索引』　小野恭靖　笠間書院　一九九八

笹野堅と北川忠彦の集成を承け、さらには新出歌の歌詞を含めて、隆達節五二一首を集成した「本文編」と、歌詞の語彙の総索引、さらには当該歌がどの歌本の何首目に配列されているかを一覧できる諸本索引の二種を収めた「索引編」からなる。

○

『わが古典鑑賞二』（窪田空穂文学選集）　窪田空穂　春秋社　一九五九

「小唄評釈」という小文の中に、大和田建樹編の『日本歌謡類聚』上巻に収録された隆達節一八首の評釈が掲載されている。歌人としての感性をもとにしたエッセイ風の軽妙な内容の文章である。

『歌謡Ⅱ』（鑑賞日本古典文学）　新間進一・志田延義　角川書店　一九七七

『梁塵秘抄』『閑吟集』「隆達節歌謡」『田植草紙』の四種類の歌謡を評釈・鑑賞した書物。このうち隆達節については新間進一が「総説」を記し、続けて一八首を現代語訳した上で、評釈・鑑賞している。内容は日本文学研究者としての堅実で重厚な指摘が多い。

『歌謡集』（日本の文学　古典編）　外村南都子　ほるぷ出版　一九八六

「神楽歌」「催馬楽」『梁塵秘抄』「早歌」『閑吟集』『田植草紙』「隆達小歌」の七章からなる評釈本。このうち隆達節については二四首が取り上げられ、現代語訳の後、一行から数行にわたるごく簡単な評釈が掲載されている。

○

『中世歌謡』（塙選書）　浅野建二　塙書房　一九六四

「今様雑芸歌謡」「宴曲歌謡」「能芸歌謡」「小歌圏歌謡」の四章にわたり、それぞれの歌謡の歴史や特質をまとめた書物。隆達節は「小歌圏歌謡」のひとつに取り上げられている。小野恭靖『「隆達節歌謡」の基礎的研究』刊行以前までの研究の到達点を示している。

『「隆達節歌謡」の基礎的研究』　小野恭靖　笠間書院　一九九七

高野辰之、藤田徳太郎、志田延義、浅野建二などの近代を代表する歌謡研究者が注目してきた隆達節研究の画期を築いた研究書。隆達節とその担い手高三隆達について従来の研究史を洗い直して再度位置付けを図るとともに、種々の新たな視点から隆達節の特質を分析した。

『戦国時代の流行歌　高三隆達の世界』（中公新書）　小野恭靖　中央公論新社　二〇一二

『「隆達節歌謡」の基礎的研究』の中で論述した隆達節および高三隆達に関する研究の要点を、その後の研究成果も交えながら、一般の読者に向けて書き下ろした書物。現在もっとも新しく、かつ読み易い隆達節の入門書である。

【著者プロフィール】

小野恭靖（おの・みつやす）

1958年静岡県生まれ。早稲田大学第一文学部日本文学専攻卒業、早稲田大学大学院博士後期課程単位取得退学。博士（文学）。現在、大阪教育大学教育学部教授。著書に『中世歌謡の文学的研究』（笠間書院）、『「隆達節歌謡」の基礎的研究』（笠間書院）、『ことば遊びの文学史』（新典社）、『近世歌謡の諸相と環境』（笠間書院）、『歌謡文学を学ぶ人のために』（世界思想社）、『絵の語る歌謡史』（和泉書院）、『和歌のしらべ』（ドゥー）、『ことば遊びの世界』（新典社）、『子ども歌を学ぶ人のために』（世界思想社）、『韻文文学と芸能の往還』（和泉書院）、『ことば遊びへの招待』（新典社）、『さかさことばのえほん』（鈴木出版）、『ことばと文字の遊園地』（新典社）、『戦国時代の流行歌　高三隆達の世界』（中央公論新社）、『古典の叡智—老いを愉しむ』（新典社）などがある。

室《むろ》町《まち》小《こ》歌《うた》　コレクション日本歌人選 064

2019年3月25日　初版第1刷発行

著　者　小野恭靖

装　幀　芦澤泰偉

発行者　池田圭子

発行所　笠間書院

〒101-0064　東京都千代田区神田猿楽町2-2-3

NDC分類911.08　電話03-3295-1331 FAX03-3294-0996

ISBN978-4-305-70904-2

本文組版：ステラ　印刷／製本：モリモト印刷

乱丁・落丁本はお取り替えいたします。　（本文用紙：中性紙使用）

出版目録は上記住所または、info@kasamashoin.co.jp までご一報ください。

コレクション日本歌人選　第Ⅰ期〜第Ⅲ期　全60冊！

第Ⅰ期　20冊　2011年（平23）2月配本開始

1	柿本人麻呂	かきのもとのひとまろ	高松寿夫
2	山上憶良	やまのうえのおくら	辰巳正明
3	小野小町	おののこまち	大塚英子
4	在原業平	ありわらのなりひら	中野方子
5	紀貫之	きのつらゆき	田中登
6	和泉式部	いずみしきぶ	高木和子
7	清少納言	せいしようなごん	圷美奈子
8	源氏物語の和歌	げんじものがたりのわか	高野晴代
9	相模	さがみ	武田早苗
10	式子内親王	しよくしないしんのう（しきしないしんのう）	平井啓子
11	藤原定家	ふじわらていか（さだいえ）	村尾誠一
12	伏見院	ふしみいん	阿尾あすか
13	兼好法師	けんこうほうし	丸山陽子
14	戦国武将の歌		綿抜豊昭
15	良寛	りようかん	佐々木隆
16	香川景樹	かがわかげき	岡本聡
17	北原白秋	きたはらはくしゆう	國生雅子
18	斎藤茂吉	さいとうもきち	小倉真理子
19	塚本邦雄	つかもとくにお	島内景二
20	辞世の歌		松村雄二

第Ⅱ期　20冊　2011年（平23）10月配本開始

21	額田王と初期万葉歌人	ぬかたのおおきみ しょきまんようかじん	梶川信行
22	東歌・防人歌	あずまうた さきもりうた	近藤信義
23	伊勢	いせ	中島輝賢
24	忠岑と躬恒	みぶのただみね おおしこうちのみつね	青木太朗
25	今様	いまよう	植木朝子
26	飛鳥井雅経と藤原秀能	まさつね ひでよし	稲葉美樹
27	藤原良経	ふじわらのよしつね（りようけい）	小山順子
28	後鳥羽院	ごとばいん	吉野朋美
29	二条為氏と為世	にじようためうじ ためよ	日比野浩信
30	永福門院	えいふくもんいん（ようふくもんいん）	小林守
31	頓阿	とんな（とんあ）	小林大輔
32	松永貞徳と烏丸光広	ていとく みつひろ	高梨素子
33	細川幽斎	ほそかわゆうさい	加藤弓枝
34	芭蕉	ばしよう	伊藤善隆
35	石川啄木	いしかわたくぼく	河野有時
36	正岡子規	まさおかしき	矢羽勝幸
37	漱石の俳句・漢詩		神山睦美
38	若山牧水	わかやまぼくすい	見尾久美恵
39	与謝野晶子	よさのあきこ	入江春行
40	寺山修司	てらやましゆうじ	葉名尻竜一

第Ⅲ期　20冊　2012年（平24）6月配本開始

41	大伴旅人	おおとものたびと	中嶋真也
42	大伴家持	おおとものやかもち	小野寛
43	菅原道真	すがわらみちざね	佐藤信一
44	紫式部	むらさきしきぶ	植田恭代
45	能因	のういん	高重久美
46	源俊頼	みなもとのとしより（しゆんらい）	高野瀬恵子
47	源平の武将歌人		上宇都ゆりほ
48	西行	さいぎよう	橋本美香
49	鴨長明と寂蓮	ちようめい じやくれん	小林一彦
50	俊成卿女と宮内卿	しゆんぜいきようじよ くないきよう	近藤香
51	源実朝	みなもとのさねとも	三木麻子
52	藤原為家	ふじわらためいえ	佐藤恒雄
53	京極為兼	きようごくためかね	石澤一志
54	正徹と心敬	しようてつ しんけい	伊藤伸江
55	三条西実隆	さんじようにしさねたか	豊田恵子
56	おもろさうし		島村幸一
57	木下長嘯子	きのしたちようしようし	大内瑞恵
58	本居宣長	もとおりのりなが	山下久夫
59	僧侶の歌	そうりよのうた	小池一行
60	アイヌ神謡ユーカラ		篠原昌彦

推薦する——「コレクション日本歌人選」

篠　弘

●伝統詩から学ぶ

啄木の『一握の砂』、牧水の『別離』、さらに白秋の『桐の花』、茂吉の『赤光』が出てから、百年を迎えようとしている。こうした近代の短歌は、人間を詠みうる詩形として復活してきた。しかし、実生活や実人生を詠むばかりではなかった。その基調に、己が風土を見つめ、豊穣な自然を描出するという、万葉以来の美意識が深く作用していたことを忘れてはならない。季節感に富んだ風物と心情との一体化が如実に試みられていた。

この企画の出発によって、若い詩歌人たちが、秀歌の魅力を知る絶好の機会となるであろう。また和歌の研究者も、その深処を解明するために実作を始められてほしい。そうした果敢なる挑戦をうながすものとなるにちがいない。多くの秀歌に遭遇しうる至福の企画である。

松岡正剛

●日本精神史の正体

和泉式部がひそんで塚本邦雄がさんざめく。道真がタテに歌って啄木がヨコに詠む。西行法師が往時を彷徨して寺山修司が現在を走る。実に痛快で切実な組み立てだ。こういう詩歌人のコレクションはなかった。待ちどおしい。

和歌・短歌というものは日本人の背骨であって、日本語の源泉である。日本の文学史そのものであって、日本精神史の正体なのである。そのへんのことはこのコレクションのすぐれた解説を読まれるといい。

その一方で、和歌や短歌には今日のメールやツイッターに通じる軽みや速さや愉快がある。たちまち手に取れるし、目に綾をつくってくれる。漢字・旧仮名・ルビを含めて、このショートメッセージの大群からそういう表情をぞんぶんにも楽しまれたい。

コレクション日本歌人選　第Ⅳ期

第Ⅳ期　20冊　2018年（平30）11月配本開始

61	高橋虫麻呂と山部赤人	たかはしのむしまろ とやまべのあかひと	多田一臣
62	笠女郎	かさのいらつめ	遠藤宏
63	藤原俊成	ふじわらしゅんぜい	渡邉裕美子
64	室町小歌	むろまちこうた	小野恭靖
65	蕪村	ぶそん	揖斐高
66	樋口一葉	ひぐちいちよう	島内裕子
67	森鷗外	もりおうがい	今野寿美
68	会津八一	あいづやいち	村尾誠一
69	佐佐木信綱	ささきのぶつな	佐佐木頼綱
70	葛原妙子	くずはらたえこ	川野里子
71	佐藤佐太郎	さとうさたろう	大辻隆弘
72	前川佐美雄	まえかわさみお	楠見朋彦
73	春日井建	かすがいけん	水原紫苑
74	竹山広	たけやまひろし	島内景二
75	河野裕子	かわのゆうこ	永田淳
76	おみくじの歌	おみくじのうた	平野多恵
77	天皇・親王の歌	てんのう・しんのうのうた	盛田帝子
78	戦争の歌	せんそうのうた	松村正直
79	プロレタリア短歌	ぷろれたりあたんか	松澤俊二
80	酒の歌	さけのうた	松村雄二